RASTROS SOMBRIOS

Flávio Morais

# RASTROS
# SOMBRIOS

ns

São Paulo, 2019

Rastros sombrios
Copyright © 2019 by José Flávio Morais
Copyright © 2019 by Novo Século Editora Ltda.

**EDITORIAL**
Bruna Casaroti • Jacob Paes • João Paulo Putini
Nair Ferraz • Renata de Mello do Vale • Vitor Donofrio

PREPARAÇÃO: Daniela Georgeto
PROJ. GRÁFICO, DIAGRAMAÇÃO E CAPA: João Paulo Putini
REVISÃO: Gabriel Silva

Texto de acordo com as normas do Novo Acordo Ortográfico da Língua Portuguesa (1990), em vigor desde 1º de janeiro de 2009.

Dados Internacionais de Catalogação na Publicação (CIP)

Morais, Flávio
Rastros sombrios
Flávio Morais.
Barueri, SP: Novo Século Editora, 2019.

1. Ficção brasileira 2. Ficção policial I. Título

19-1440                                    CDD-869.3

Índice para catálogo sistemático:
1. Ficção : Literatura brasileira 869.3

NOVO SÉCULO EDITORA LTDA.
Alameda Araguaia, 2190 – Bloco A – 11º andar – Conjunto 1111
CEP 06455-000 – Alphaville Industrial, Barueri – SP – Brasil
Tel.: (11) 3699-7107 | Fax: (11) 3699-7323
www.gruponovoseculo.com.br | atendimento@novoseculo.com.br

"As facas estão afiadas para quem forçar a passagem,
pois esta só é permitida no devido tempo."

(DO TÚMULO DE PTAH HOTEP, VIZIR DO FARAÓ
DADKARÊ-ISÉSI — V DINASTIA — 2.700 A.C.)

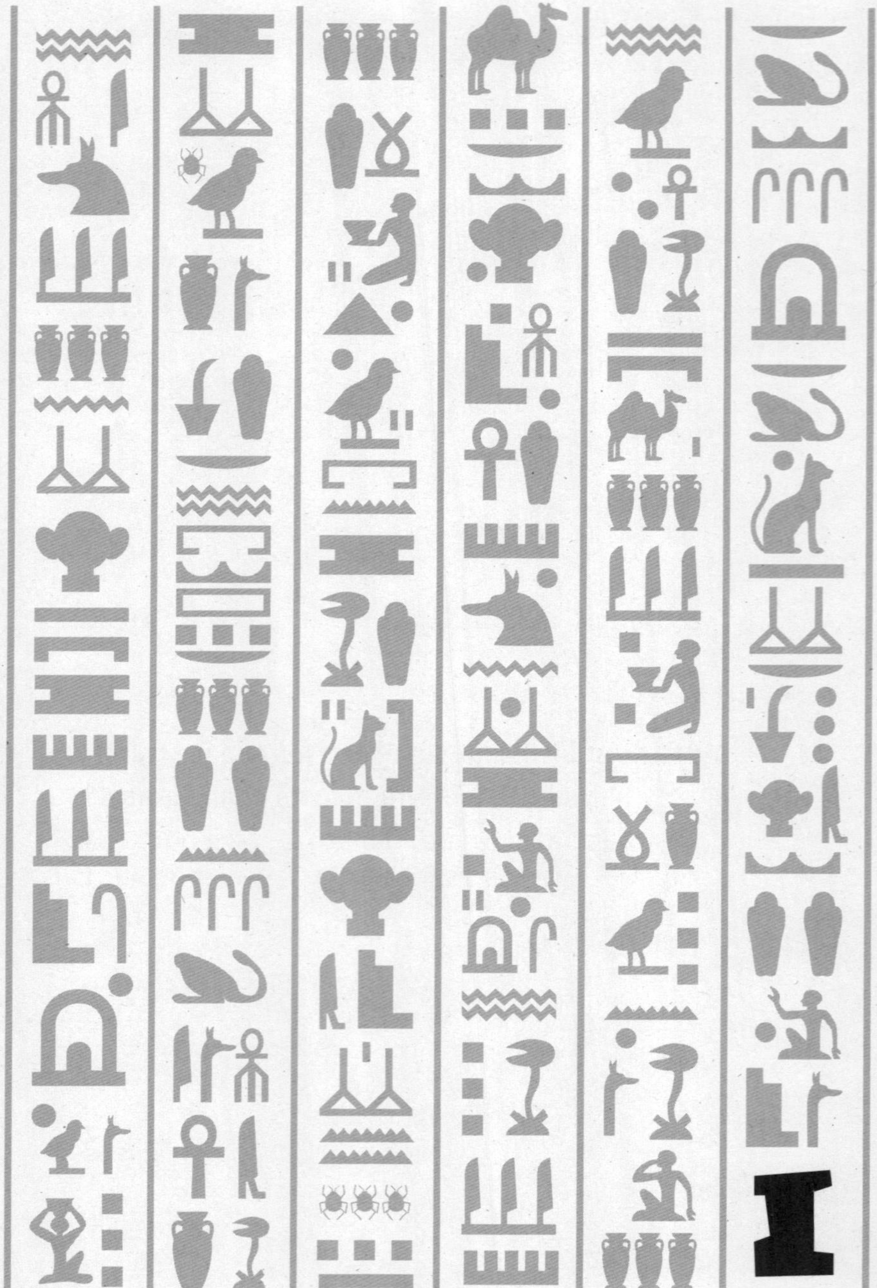

**ERA SEXTA-FEIRA,** véspera de Carnaval em 2014, e Cristóvão Fernandes olhava admirado para a inusitada descoberta que acabara de fazer.

Prestava serviços de restauração para o Museu Nacional no Rio de Janeiro, e estava trabalhando em objetos que datavam do Segundo Reinado do Brasil, mais especificamente alguns relicários da família do conde de Aljezur, antigo mordomo que serviu o imperador deposto do Brasil, D. Pedro II, durante o exílio forçado deste em Paris. O conde foi um dos poucos que acompanharam o monarca e a família imperial após a deposição em 15 de novembro de 1889, ocorrida com a Proclamação da República, na penosa viagem pelo oceano Atlântico em direção à Europa, a bordo do navio *Alagoas*, comboiado pelo couraçado *Riachuelo*. Além dele, estavam na viagem do exílio o barão e a baronesa de Loreto, o barão e a baronesa de Muritiba, o médico conde de Mota Maia, o conde Nioac, camarista, e o abolicionista André Rebouças.

O imperador permanecera no exílio até sua morte, ocorrida dois anos depois da Proclamação da República. Apesar de ter falecido com 66 anos de idade, nos seus últimos anos ele padecia de graves doenças que o fizeram parecer três décadas mais velho. Com efeito, ao falecer aos 35 minutos do dia 5 de dezembro de 1891, a aparência do antes garboso governante lembrava a de um velho quase centenário, alquebrado mesmo em seus mais de um metro e noventa de altura, diabético, com um princípio de gangrena no pé esquerdo e acometido de uma pneumonia que lhe foi fatal.

Certamente o profundo desgosto provocado pelo massacre, no parlamento brasileiro, do projeto de revogação do banimento da família imperial, quando votaram 173 deputados contra e apenas 10 a favor, apressou o triste desfecho de sua vida, dedicada em mais de meio século à sua adorada terra, o Brasil.

Cristóvão estava diante de um velho oratório que pertencera à esposa do imperador. O objeto fora deixado em legado para o zeloso mordomo após a morte da imperatriz Teresa Cristina, ocorrida no dia 28 de dezembro de 1889, durante a escala que fizeram em Portugal naqueles dias sofridos, deprimida e adoentada pelo exílio forçado. Ela fora vítima de um ataque cardíaco fulminante. Era tão grande a estima que a imperatriz tinha pelo pequeno relicário que o levou em seus braços na lancha que conduzira a família imperial ao vapor *Parnaíba*, na escuridão da madrugada de 17 de novembro de 1889, quando foram expulsos do Brasil. O vapor os levaria até o *Alagoas*, atracado na Ilha Grande, que partiria na madrugada do dia 18 de novembro com destino à Europa. Um mês e dez dias depois faleceria a piedosa mulher.

O pequeno oratório tinha sofrido um princípio de ataque de cupins. Era uma capelinha de pouco mais de trinta centímetros de altura, toda em cedro, com detalhes em ouro. O estilo era uma mistura de barroco e clássico, e abrigava uma imagem de Nossa Senhora do Carmo, esculpida em primorosos detalhes. Chamava atenção a delicadeza e perfeição dos traços faciais da virgem, cuja imagem tinha pouco mais de vinte centímetros de altura. Por detrás dela, um fundo com pintura quase apagada de um céu com nuvens e três pequenos anjos em pleno voo, tocando trombetas. À frente, ladeando a imagem, erguiam-se duas pequenas colunas com base e apoio superior trabalhadas no estilo clássico. Em cima da cumeeira triangular, decorada com pequenos detalhes florais, estava encravada uma cruz de ouro maciço, as pontas também ricamente trabalhadas nos mínimos detalhes. Fora dado de presente à imperatriz pelo seu esposo, ainda por ocasião do primeiro aniversário das núpcias reais.

Mas o que chamava a atenção do jovem restaurador naquele momento era um determinado ponto na base do objeto, justamente a parte que sofrera o ataque dos cupins. A pequena capela erguia-se sobre uma espécie de escadaria em miniatura, medindo em sua parte inferior 20 por 25 centímetros, com uma altura de 12 centímetros. Em um dos recantos a madeira estava comida por dentro, resultando apenas em uma finíssima capa, composta unicamente pela tinta envelhecida. Estava levemente afundada, afundamento que ocorreu quando o zelador do museu fazia seu trabalho periódico de limpeza e constatou a temida atuação dos insetos. Cristóvão fora contatado às pressas, pois o objeto, junto com outros de igual importância, deveria ser restaurado antes da exposição alusiva aos 150 anos do primeiro ato governamental abolicionista, que foi a concessão da liberdade aos escravos designados para o serviço militar na guerra do Paraguai, fato ocorrido em 1866.

Mais uma vez o restaurador segurou delicadamente o objeto com as mãos vestidas em luvas de lã fina e o levantou para espiar a parte de baixo, girando-o lentamente. Não se enganara. Percebeu um leve escorregar no interior, o que veio a confirmar a suspeita levantada ao primeiro movimento, momentos antes. Parecia que havia algo dentro da base oca. Poderia, é claro, ser apenas um lastro de peso para dar sustentação à capelinha, mas a intuição do rapaz lhe dizia que era mais do que isso. Talvez fosse um compartimento secreto.

Cristóvão tinha conhecimento dessa técnica de ocultação. Em outro trabalho, em um compartimento semelhante, localizara um conjunto de joias de inestimável valor da época do Primeiro Reinado. Pertencia a uma baronesa do café. Estava ali eufórico como uma criança diante de um incerto presente embrulhado. Apesar de maçante, adorava seu trabalho, e esses momentos de surpresa, embora muito raros, eram como o êxtase de uma descoberta arqueológica.

Aliás, a profissão de arqueólogo lhe encantava desde que assistira a *Indiana Jones e os caçadores da arca perdida*, ainda criança. Tinha escolhido tornar-se arqueólogo, mas o destino até aquele momento não lhe permitira realizar seu sonho. O mais próximo que conseguiu foi cursar Artes e especializar-se em restauração de objetos antigos. Nas horas vagas procurava compensar praticando uma espécie de arqueologia, caçando relíquias em depósitos, sótãos antigos, lojas e feiras de antiquários. Era colecionador de alguns desses objetos, mas destinava a maioria de suas descobertas aos acervos de museus, onde poderiam ficar à vista de pessoas realmente interessadas naqueles pequenos tesouros da história.

Cuidadosamente, descolou a fina camada de tinta do canto avariado do relicário e, com uma pequena lanterna de led, focou o lado de dentro. Avistou realmente um objeto escondido. Não parecia um lastro de peso. Lembrava mais a lombada de um livro, em couro enegrecido. De fato, deslocando um pouco mais o feixe de luz, pôde avistar melhor o miolo, formado por uma pilha de papel amarelado e levemente desigual. Seu coração bateu descompassado. Considerando a origem nobre do objeto e o tempo em que permanecera no museu – desde o retorno ao Brasil dos membros remanescentes da família do conde de Aljezur, no final do século XIX –, era mais do que provável tratar-se de documento antigo, datado do Segundo Reinado, e certamente continha informações importantes e secretas.

Se não fosse assim, por qual outro motivo estaria escondido daquela forma?

Consciente da importância daquele momento, Cristóvão procurou uma maneira de abrir o compartimento secreto sem causar maiores danos ao pequeno oratório. Não era fácil, pois o cupim não tivera tempo de prosseguir na digestão da madeira de lei, tendo destruído apenas um dos cantos. Assim, o restaurador raspou a tinta de um dos lados menores, mas não avistou pregos. Como era muito habilidoso em sua arte, resolveu tentar algo mais ousado. Percebeu que havia um espaço entre o objeto e a madeira que o escondia. Mediu esse espaço e calibrou uma serra tico-tico na distância exata.

Procurava controlar a ansiedade que fazia tremer suas mãos, normalmente tão firmes. Imobilizou o objeto em uma morsa, tomando o cuidado de preservar as áreas de contato com um pedaço de flanela. Respirou fundo, prendeu a respiração e, com toda a suavidade que lhe era possível naquelas circunstâncias, deslizou a serra no vinco que marcava o encontro da madeira.

O suor descia por seu rosto e pingou na madeira antiga. Cristóvão respirava ofegante quando finalmente conseguiu deslocar o estreito retângulo. Desligou a máquina, soltou o oratório da morsa e o virou com cuidado, segurando-o contra o corpo, deixando que a gravidade fizesse cair em sua mão esquerda o que parecia ser um caderno de anotações protegido por uma grossa capa de couro enegrecido.

Automaticamente apoiou o relicário na mesa da oficina. Sua atenção estava totalmente voltada para o pequeno caderno. Segurou-o com as duas mãos e o depositou lentamente à sua frente. Passou os dedos com delicadeza e respeito no contorno do objeto. Ficou mirando a capa, saboreando cada segundo daquele momento de descoberta. Um valioso tesouro, certamente. Conteria o pequeno caderno algo que traria luzes sobre fatos importantes da história do Brasil? Talvez segredos de Estado, conspirações, intrigas da corte imperial... Ou, quiçá, ali estivessem escritos escabrosos segredos de alcovas, escondidos por alguém que os descobriu e os usara em chantagens. Ou mesmo guardados pelo próprio senhor (ou senhora?) dos tais segredos, que não tivera coragem de destruí-los de forma definitiva, senão de sepultá-los na base da capelinha, aos pés da santa imagem.

Um turbilhão de pensamentos e hipóteses, até os mais absurdos, pareciam se espremer, ansiosos para ganhar sua atenção. Ele sacudiu a cabeça procurando acalmar a mente e respirou fundo. Emocionado, pensou que a última pessoa a escrever, ler ou mesmo tocar no objeto certamente vivera há mais de um século, numa época crucial da história do Brasil. Sentiu um leve arrepio.

Mais uma vez deslizou o dedo médio da mão direita pela borda da capa de couro perfeitamente preservada, porém ressequida, percebendo a fineza do acabamento. Uma costura reta e precisa a contornava. Não havia qualquer gravação ou indicação.

Abriu o caderno lentamente e pousou os olhos ávidos na página de rosto. Mal segurou a emoção quando leu em letras cursivas grandes cuidadosamente escritas sobre a folha de papel amarelado:

"Memórias Secretas. D. Pedro d'Alcântara."

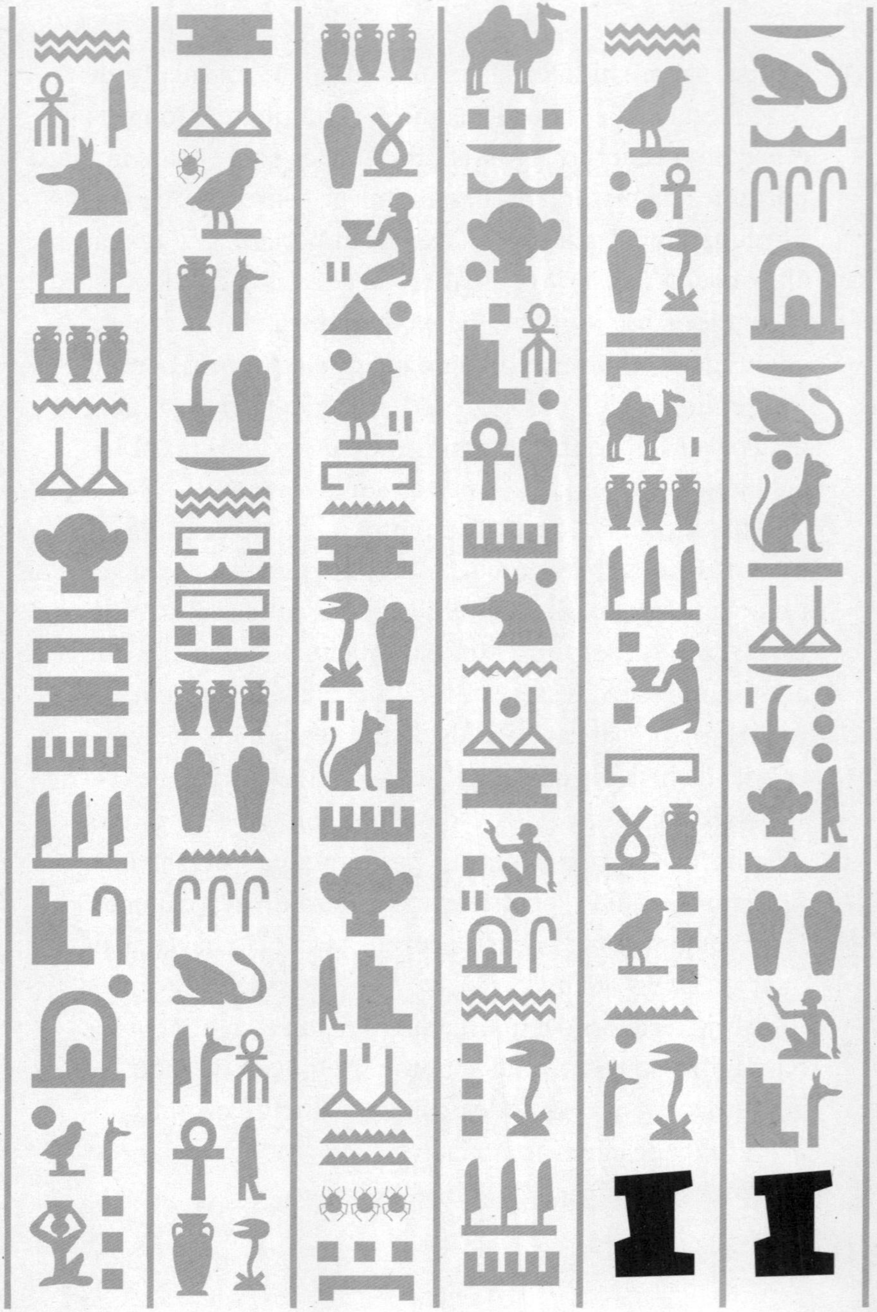

**A CAMPAINHA ESTRONDOU** e fez Cristóvão ter um sobressalto, quase jogando longe o precioso objeto em suas mãos. Soltou um palavrão, parou um segundo, suspirou e colocou sobre a mesa do estúdio, de forma muito cuidadosa, o misterioso manuscrito que encontrara dentro do relicário. Levantou-se, tirou o avental sujo de pó de madeira, descalçou as luvas e esfregou as mãos com vigor nas pernas da velha calça jeans enquanto se dirigia à porta.

Era início de noite de uma sexta-feira cálida. A Cidade Maravilhosa respirava Carnaval. Pela janela do apartamento do oitavo andar entrava uma leve brisa, mais quente que fria, envolvendo num abraço agradável o corpo tenso do rapaz. Em poucos passos estava ele diante da porta e olhou pelo olho mágico. Sorriu. Rapidamente a abriu, e o pequeno ambiente foi invadido por uma trupe animada e barulhenta. O pequeno grupo era formado por três jovens, que gargalhavam e batiam latinhas de cerveja.

– O que é isso? Que bagunça é essa? Onde pensam que estão? – Cristóvão mantinha no rosto um sorriso de orelha a orelha.

– O velho Cris. E aí? Viemos tirá-lo deste mausoléu! – Alexandre abraçou o amigo dando-lhe tapas barulhentos nas costas. Era alto, muito forte e estava um pouco acima do peso. Sua compleição física contrastava um pouco com a de Cristóvão, que não era tão alto e mantinha o corpo em forma à custa de corridas na orla. O visitante vestia uma camisa xadrez amarela, de manga comprida dobrada em estilo italiano até o cotovelo. Ao seu lado, duas moças de beleza invulgar.

– Estamos atrapalhando? – Ana Cláudia, uma linda ruivinha metida em um minivestido cor de âmbar, parecia iluminar o ambiente, e agitava no rosto do rapaz um conjunto de latas de bebida.

– De modo algum. Vocês não sabem como estou feliz com esta visita. Não poderia ser em dia melhor, ou melhor, em noite melhor.

– Melhor, melhor, melhor... E o que você tem pra mim? – Quem falou foi uma jovem morena, pele da cor de canela, belas curvas, cabelos pretos longos e lisos, cujo sorriso fizera parte dos sonhos de Cristóvão na adolescência. Ela estava deslumbrante em um vestido simples, branco, com detalhes rendados, que valorizava suas formas curvilíneas. Ele, que a princípio não reconhecera a musa, sentiu-se invadido por uma deliciosa sensação.

– Elise! – exclamou, enquanto a abraçava, a princípio com cuidado; e depois, procurando prolongar aquele instante o máximo possível.

– Ei, ei, vocês vão ficar aí assim a noite toda? – Alexandre, às vezes inconveniente, procurou afastar os dois.
– Para com isso, seu chato – Ana Cláudia interveio.
– Já fazia tempo que os pombinhos não se viam. – Riram juntos, enquanto Cristóvão afastava-se de Elise meio desconcertado. Segurou ambas as mãos da moça.
– Que surpresa boa! Quando você chegou?
– Hoje pela manhã. Não quis avisar. Vim curtir um pouco o Carnaval aqui no Rio. Fazia tanto tempo! Combinei com os meninos de lhe fazer uma surpresa.
– Venham. Sentem-se! E desculpem a bagunça. – Cristóvão estava eufórico com a visita e, constrangido, tirou do sofá algumas peças de roupa por ali jogadas.
– Olhem que bela cueca! – Alexandre, rindo, segurava a peça pela ponta dos dedos, tapando o nariz. Cristóvão, ainda mais constrangido, tomou-a das mãos dele e a socou no bolso traseiro.
– Desculpem de novo. Hoje não foi o dia da diarista.
– A pobre diarista é quem dá destino a suas roupas sujas? Coitada! Está vendo no que você ia se meter, Elise?! – Ana Cláudia balançava a cabeça, divertida.
– Parem com isso! Não estão vendo que ele está constrangido? Queria saber se seria diferente se invadíssemos de surpresa o quarto de vocês – Elise acudiu o amigo. – Não esquenta, Cris. Ainda não encontrei neste mundo nada mais bagunçado do que o quarto da nossa Aninha aqui.
– Sua ingrata...

– Bom, vamos mudar de assunto. Viemos buscar você para a balada, Cris. E eu avisei para as meninas que a presença da Elise era o nosso último recurso para tirá-lo desta caverna.

Todos se sentaram. Alexandre, no braço da poltrona, derreou-se por cima de Ana Cláudia, abraçando-a. Eram namorados há alguns anos. Todos tinham sido colegas durante o Ensino Médio, e seguiram carreiras diferentes. Alexandre tornou-se um empresário bem-sucedido no ramo de tecnologia da informação, e nas horas vagas era game designer, sua segunda atividade. Estava financeiramente bem e possuía planos de expansão do negócio. Ana Cláudia era jornalista e iniciava carreira em uma estação de rádio local. Ganhava bem pouco, mas queria acumular experiência, e sonhava em ser contratada por uma emissora de TV. Queria ser repórter ou apresentadora. Não seria por falta de beleza, e talento a moça tinha de sobra. Era competente e muito elogiada no trabalho. Faltava apenas a oportunidade certa para brilhar. Quanto a Elise, nascera na França, filha de pai francês e de mãe brasileira, de quem puxara a morenice brejeira. Os pais se separaram, e ela veio com a mãe para o Rio, ainda pequena. Logo após ter terminado o Ensino Médio, viu-se obrigada a mudar para Brasília, onde a mãe assumira um emprego público. Lá, cursou História e um mestrado na área. Fora aprovada em concurso público como professora assistente numa universidade de Brasília e aguardava ser convocada. Enquanto isso, concluía um doutorado com foco na antiga civilização do Extremo Oriente. Resolvera aproveitar um breve momento de descanso visitando os antigos colegas no Rio de Janeiro.

– Este sujeito é um eremita moderno. Ninguém o encontra nas redes sociais! – Elise reclamou, dizendo que tentara muitas vezes contato com Cristóvão, mas soube que ele era arredio às novas formas de comunicação.

– Sempre achei que perderia muito tempo com esses aparelhinhos – ele disse. – O mundo, hoje em dia, está cada vez mais agitado, e essas maquininhas infernais nos tornam escravos, verdadeiros zumbis modernos. Basta você parar um pouco e observar o movimento na rua. Uma horda de zumbis passeia com seus aparelhos em punho, digitando loucamente, os olhos vidrados na telinha luminosa. É apavorante. Enquanto eu puder, resistirei.

Alexandre soltou uma gargalhada.

– Zumbis. Essa é boa! O mundo está dominado, pobre criatura! Não há mais volta. Dominamos a mente das pessoas, e logo você será mais um! – disse, em tom teatral. – A conversa está boa, mas podemos ir agora? A noite é uma criança! Hoje é sexta-feira e não temos nada para fazer amanhã. Vamos comemorar a vitória da Elise enchendo a cara!

Naquele momento Elise levantou-se da poltrona e caminhou pela sala, observando curiosa os vários objetos antigos espalhados. A porta do estúdio estava aberta, e ali ela pôde ver o relicário que descansava deitado sobre a mesa de trabalho.

– Então você acabou se envolvendo com outra forma de arqueologia, não foi? – ela disse. Cristóvão também se levantou.

– Pois é. Tomei um rumo diferente do que eu queria. Mas acabei me apaixonando pela restauração.

– É incrível como estamos ligados até nisso! – A frase encantou Cristóvão, que sorriu.

– O passado é nosso futuro – disse o rapaz timidamente, meio constrangido por não lhe ocorrer frase melhor.

– E então, doutores da história, vamos nessa? – Alexandre insistiu, levantando-se do sofá e puxando consigo Ana Cláudia.

– Ainda está cedo – disse Ana Cláudia, percebendo o interesse de Elise em permanecer ali mais um pouco. – Talvez possamos tomar um café antes de sairmos. É um bom estimulante.

– Só preciso das cervejas! – disse Alexandre. Mas, resignado, sentou-se de novo.

– Vocês dois fiquem à vontade mais um pouco. Vou pra cozinha fazer o café. Vamos, Alexandre.

O rapaz se levantou resmungando, contrariado com a situação, sendo acalmado pela namorada, que o puxou rapidamente. Logo depois, a voz de Ana Cláudia soou da cozinha.

– Não consigo encontrar nada por aqui!

Cristóvão a acudiu e voltou apressado para junto de Elise, que já adentrara o estúdio antes que o moço pudesse evitar. Sua curiosidade foi despertada pelo caderno de couro envelhecido sobre a mesa.

— O que é isto? — perguntou quando Cristóvão surgiu agoniado na porta. Não podendo mais esconder, ele falou:

— Olhe você mesma. Mas tome cuidado.

Elise o desarmou com um sorriso deslumbrante e, sentando-se à mesa de trabalho, passou a mão por sobre o caderno, limpando um pouco do pó de madeira que teimava em ficar grudado sobre o couro. Soprou sobre a mesa, afastando a serragem fina. Levantou devagar a capa e engoliu em seco ao ler a inscrição na folha de rosto. Em seguida olhou para Cristóvão. Seus olhos estavam cheios de espanto.

— Mas isso é... é... — balbuciou, não conseguindo completar a frase.

— São memórias secretas de D. Pedro II, parece. Não cheguei a ler nada. Sequer abri as páginas seguintes. Acabei de encontrá-lo.

— E onde estava?

— Escondido bem aí — Cristóvão falou, apontando para o velho oratório.

A moça parecia não acreditar no que via. Passou alguns instantes folheando o manuscrito. Depois, o pressionou levemente sobre os seios, como que extasiada, e Cristóvão percebeu o objeto subindo e descendo rapidamente sobre aqueles dois lindos volumes.

— Isto é um verdadeiro tesouro! Não posso acreditar! — Afastou o objeto e novamente o folheou com cuidado, as mãos trêmulas. Cristóvão se aproximou e pôde compartilhar da rápida análise que Elise fazia do conteúdo. – Há muita coisa aqui. E, pelas datas, foi escrito na última semana antes da morte do imperador. Cristóvão! É maravilhoso! Estou nas nuvens! Quero ler tudo imediatamente!

Naquele instante um delicioso cheiro de café se espalhou por todo o apartamento. Um grito veio da sala.

– Ei, vocês! Parem imediatamente tudo o que estiverem fazendo aí dentro! O café está pronto... E a cerveja já era. Apressem-se. Já estou iniciando uma crise de abstinência! – A voz jocosa era de Alexandre.

Elise descansou o livro sobre a mesa. Pegou na mão de Cristóvão e ambos se dirigiram à cozinha, sendo acompanhados por Alexandre. Sentaram-se em volta da pequenina mesa redonda da copa, onde já estavam dispostas quatro xícaras com pires. Havia um pacote de biscoito de polvilho no centro da mesa.

– Não quero fazer nenhum lanche – disse Alexandre, impaciente.

– Acalme-se, homem. O que deu em você? Há formigas nos seus pés? – Ana Cláudia repreendeu o namorado de uma forma a que parecia acostumada. – Você devia era tratar essa ansiedade. Ainda vai te matar do coração.

O rapaz sossegou, entendendo que estava forçando demais a barra. Relaxados, saborearam o café, conversando amenidades. Alexandre iniciou uma das suas conhecidas sessões de piadas repetidas, e, sendo novidade para Elise, ela quase não parou mais de rir. Os outros aguentaram calados, forçando risadas, por educação.

– Amigos, obrigado por isso. Não me divertia tanto assim há muito tempo! – disse a morena, pressionando a barriga, tentando controlar um último acesso de riso.

Após saborearem o café, Alexandre se levantou.

– Bem, mais nada nos impede de ir agora. – Então olhou Cristóvão de alto a baixo. – Não acredito! E você não vai trocar essa roupa?

Cristóvão percebeu que ainda vestia a roupa de trabalho, toda manchada de cola e pó de madeira.

– Desculpem, amigos. Fiquei tão empolgado que nem percebi meu estado. Deem-me dois minutos. Preciso tomar um banho e mudar essa roupa imunda.

Dez minutos depois ele finalmente apareceu na sala. Estava irreconhecível.

– Ora, ora. Nosso galã finalmente resolveu dar as caras. Demorou tanto quanto uma donzela. Já não era sem tempo! – disse Alexandre.

Elise, que ficara pensativa durante quase todo aquele tempo de espera, caminhou até Cristóvão, tomou-lhe o braço e falou para os outros:

– Amigos, temo decepcioná-los um pouco. O Cris disse que pretendia me mostrar uma descoberta sua. Estou muito ansiosa para vê-la. Não dá para esperar outro dia. Tem que ser hoje. Assim, se não ficarem chateados e se ele concordar, gostaria de ficar por aqui com ele. Poderíamos fazer nossa noitada amanhã. Será que compreendem?

Ana Cláudia e Alexandre trocaram olhares. Ele piscou para Cristóvão.

— Eu posso imaginar que descoberta esse safado quer lhe mostrar, Elise — disse Alexandre, cheio de malícia. — Mas, por mim, tudo bem. Eu e Aninha faremos companhia um ao outro. Que droga! Logo hoje, que eu esperava comer algo diferente. — Soltou uma gargalhada. Ana Cláudia deu-lhe uma cotovelada.

— Você é mesmo insuportável!

— Mas você me ama mesmo assim.

— E então, Cris, o que você acha de ficarmos por aqui? Aí poderíamos olhar com mais calma aquele documento secreto — Elise falou quase como uma súplica.

Alexandre não resistiu e soltou mais uma gargalhada.

— Não interprete mal, Alexandre. É um documento de verdade. Não é o que você está pensando — disse Cristóvão, constrangido.

— Tá legal, gente. Se quiserem ficar, tudo bem. Sairemos outro dia. Acho mesmo que vocês têm muito que conversar. — Ana Cláudia já empurrava Alexandre para a porta.

— Ei, espere. O Don Juan ainda não falou — disse Alexandre. Todos olharam para Cristóvão.

— Bem, se vocês realmente não se incomodarem, não posso negar um pedido da Elise. Ainda mais feito com tamanha persuasão.

— E você seria um tolo se o negasse, meu velho. Vambora, Aninha. Parece que estamos sobrando por aqui.

E os dois saíram rapidamente.

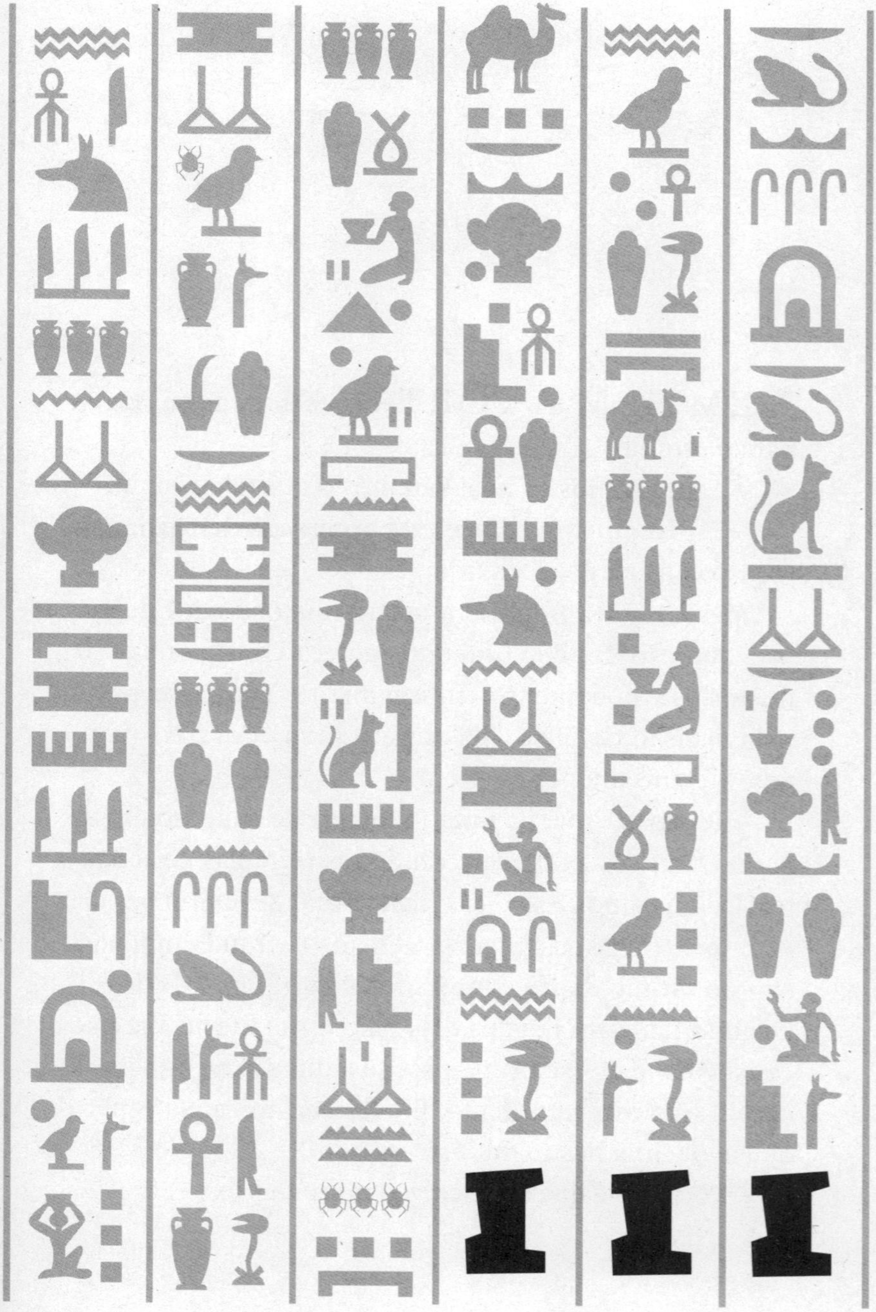

**NEM BEM A PORTA** se fechou, Elise correu para o estúdio.

— Agora somos só nós! Veremos o que temos aqui.

— Espere, menina. Você está apressada demais. O livro não vai sair daí correndo.

Mas Cristóvão também estava ansioso para descobrir que espécie de conteúdo secreto continha aquele misterioso documento. Intimamente, sentia-se grato pela decisão de Elise. Ela abriu o livro em várias páginas, aleatoriamente.

— Posso ver que há uma mudança na caligrafia mais para o fim. Veja. Começa com letras trêmulas e vacilantes. Depois muda e se torna firme e fluente. Outra pessoa certamente passou a escrever. Curioso... Também foi assim no último diário conhecido escrito por D. Pedro II. Quando faltavam poucos dias para a sua morte, ele não conseguia mais escrever e passou a ditar para alguém. E olhe... Não está terminado. Ele faleceu antes. Só espero que não tenha ficado muito a ser dito.

— Você disse que ele escreveu outro diário...

– Muitos! D. Pedro II era um intelectual. Sempre procurou registrar cada detalhe do seu dia a dia, como governante, viajante ou estudioso. Sabia da importância que os relatos teriam no futuro, para o entendimento do seu governo e do próprio Brasil. Ao todo, ele escreveu 43 cadernetas. Atualmente, esses diários fazem parte do acervo do Museu Imperial, em Petrópolis, e alguns estão disponíveis ao público, até pela internet. Em 2010, os diários de D. Pedro II foram considerados Memória do Mundo pela Unesco.

– Interessante. Eu não conhecia esses detalhes.

– Ele escreveu até praticamente as vésperas de sua morte. Era muito minucioso nos registros e descrições que fazia. Suas anotações formaram a mais importante fonte de informações sobre o Segundo Reinado brasileiro. Aliás, um período de prosperidade e crescimento para o país, como você bem sabe. Além disso, ele costumava ilustrar seus diários. São desenhos muito bem elaborados. – Elise mais uma vez folheou o livro. – Humm... Aqui não há nenhum desenho... Interessante... A narrativa difere da forma como ele costumava escrever. Seus registros normalmente eram curtos e diretos. Mas aqui... se for genuíno como parece... ele está narrando uma história. Realmente. Parece um diário. Cada capítulo é iniciado com uma data. A data em que foi escrito. Mas... sim. Na verdade, é mesmo uma história.

– As suas memórias secretas... – Cristóvão falou com teatralidade.

Os dois permaneceram em silêncio por alguns instantes, olhando o pequeno caderno como crianças prestes a devorar um delicioso brigadeiro.

– Que tal irmos para a sala, Elise? Lá está muito mais fresco.

Ela concordou. Dirigiram-se para a sala de estar. Realmente o ambiente estava bem mais agradável. A brisa, agora mais fresca, balançava as cortinas da varanda e lançava longas lufadas de vento na sala. Um uivo fantasmagórico se fazia insistente. Cristóvão foi até a cozinha e fechou completamente uma pequena janela. O barulho cessou. De um relógio de parede com a insígnia do Americano Futebol Clube soaram nove tinidos. Era cedo ainda, e a intenção dos dois era ler tudo naquela noite.

– Quando terminarmos você me paga um táxi? – ela perguntou.

– A propósito, não perguntei ainda, onde você está hospedada?

– Estou no apê da Ana Cláudia. Quando soube que eu pretendia vir ao Rio, ela insistiu muito em me hospedar. Como adoro sua companhia, aceitei, não sem antes dizer que daria trabalho, e coisa e tal. Só para fazer um charme. Na verdade, seu convite era muito conveniente para mim.

– Certo. Se você não quiser passar a noite por aqui... te levarei. – Cristóvão não olhou Elise quando disse isso. Teria percebido um discreto sorriso.

Por um breve momento veio-lhe à mente o último encontro que tiveram. Foi na festa de formatura do Ensino

Médio. Trocaram um longo beijo no meio da pista de dança. Um momento mágico, inesquecível, sem outro igual, porque durante todo o terceiro ano desenvolvera uma paixão irresistível pela garota; mas era dominado também pela timidez. No dia seguinte, ainda nas nuvens, quando achava que o romance iria engrenar, recebeu um recado da garota anunciando que estava de partida para a capital federal. Naquela década que se seguiu nunca mais a vira. Cristóvão teve poucos e efêmeros envolvimentos amorosos, e a imagem da linda menina de cabelos escorridos em seu vestido de festa ficou fixada em sua memória como um quadro colorido com tintas fortes. Agora, diante dela mais uma vez, tudo parecia um sonho. Em seu íntimo, agradeceu pelo achado maravilhoso daquele dia, que prendeu Elise em seu apartamento. Tudo parecia o prenúncio de tempos incríveis.

Elise tirou os sapatos. Seus pés descalços afundaram no tapete felpudo e ela gemeu de satisfação. Então se ajeitou no sofá.

– Você sabia que D. Pedro II tinha uma paixão secreta? Ele caiu de amores por uma certa condessa de Barral. A paixão entre eles era diferente. Ultrapassava a atração física. Foi poética e eterna. – Elise suspirou, o olhar perdido no infinito. – Ele não era satisfeito com as relações matrimoniais, sabe? Conta-se que teve profunda decepção quando viu pela primeira vez sua noiva prometida, a imperatriz Teresa Cristina. Dizem que era uma baixinha não muito atraente e manca. Imagine só! D. Pedro tinha mais de um metro e noventa de altura, era bonito e garboso. Faziam, no mínimo, um par curioso. Já a condessa tinha lá os seus encantos. Ela foi tutora das filhas do casal imperial, você sabia? Quando D. Pedro a conheceu, ele tinha 31 anos, e ela já era uma quarentona. Era casada, tinha um filho, e já havia sido dama de honra do paço real da França. Depois de algum tempo ela retornou para a Europa. Eles passaram a se corresponder quase toda semana. Muitas dessas cartas foram queimadas pelo imperador, e ele sempre incentivava a amante a queimar as suas logo após lê-las. Acho que deviam conter coisas muito interessantes. – Ela piscou o olho com deliciosa malícia. – Muitas cartas sobreviveram e chegaram até nós. Quase mil. E elas também servem para mostrar como o imperador encarava os problemas do seu reinado.

– E quanto a você, Elise?
– O que tem eu? – A moça o olhou intrigada.
– Está com alguém? – Cristóvão a observava discretamente, pela visão periférica, evitando encará-la. Mesmo assim, percebeu que o rosto da amiga se tornou de repente uma máscara sombria. Ela olhou para baixo por um segundo. Quando respondeu, forçava um sorriso que saiu completamente sem graça.

– Andei enrolada alguns anos. Graças a Deus acabou!
O rapaz mudou rapidamente de assunto, sufocando uma pequena euforia.

– Que tal pedirmos algo para comer? Acho que você deve estar com fome. Aqueles biscoitos de polvilho não enganam ninguém.

A moça mostrou-se aliviada com a mudança de assunto, e seu sorriso se tornou radiante novamente.

– Acho uma excelente ideia. Quero uma enorme pizza portuguesa com bordas recheadas. Você acertou em cheio. Estou morrendo de fome!

Cristóvão foi até cozinha e telefonou para o número da pizzaria que encontrou num adesivo de geladeira. Prometeram entregar em menos de meia hora. O rapaz voltou rapidamente à sala e se sentou numa poltrona mais próxima de Elise.

– Você acha que estas memórias secretas são aventuras amorosas do imperador? – perguntou, olhando o pequeno livro que a moça segurava com uma delicadeza quase extrema.

– De repente... – Elise se sacudiu, excitada. – Estamos prestes a saber, não é? E então, pronto para começar?

– Não sei se consigo compreender essa letra.

– Tudo bem. Eu começo. Você tem luvas? Não gostaria de estragar isso de forma alguma. Deve ser manuseado com muito cuidado.

– Que cabeça a minha! Como pude esquecer isso? – O rapaz sumiu no estúdio e logo em seguida retornou com um par de luvas próprias para manusear objetos antigos. Após colocá-las, Elise abriu o valioso exemplar.

– No início a leitura é mesmo meio complicada. Mas só até você se acostumar com o padrão. Depois, flui facilmente. Fique mais perto de mim. Eu leio em voz alta e você vai me acompanhando. Assim, quando eu cansar e for a sua vez, não terá dificuldades.

Cristóvão aproximou-se de Elise e pôde sentir o suave perfume de seus cabelos.

– Então vamos lá. Eu começo. Quando cansar, você continua, tá?

O rapaz assentiu. Descansou o braço no encosto do sofá, por trás da cabeça da garota. Sua mão segurava a própria nuca.

Aquela noite seria inesquecível pelo resto de sua vida.

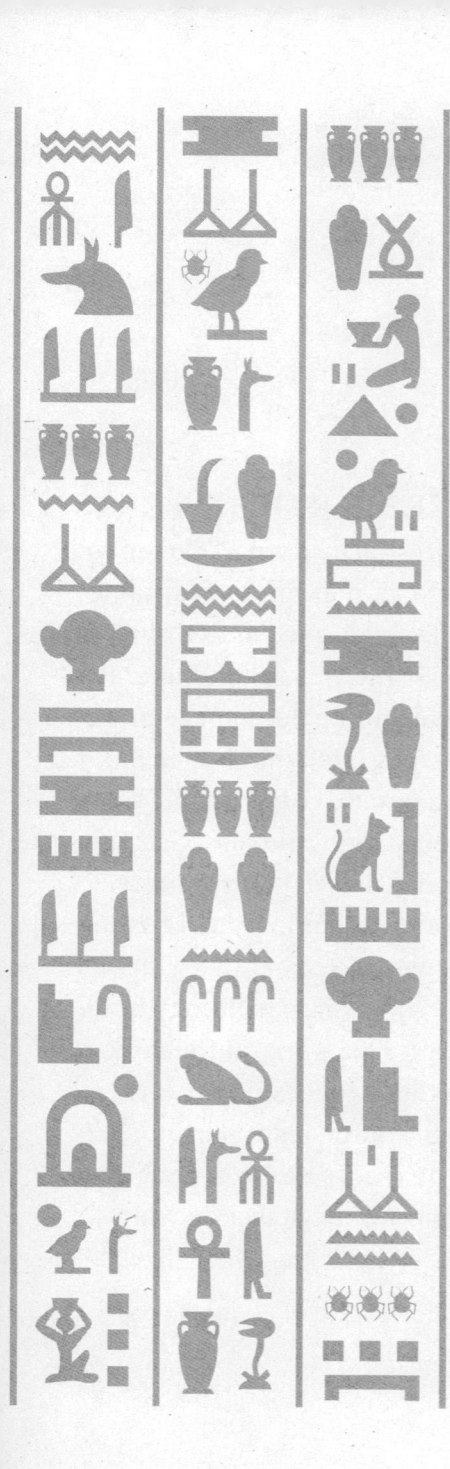

## PARIS, 22 DE NOVEMBRO DE 1891[*]

Aproxima-se a hora em que hei de dormir. Ou tentar. O sofrimento me consome, mas não me queixo tanto. Perdi minha pátria querida. Despedi-me para sempre da minha companheira Teresa Cristina. Custa-me superar a falta do meu grande amor, cujo nome permanece protegido em meu coração. Meus pés latejam. Minhas mãos tremem. Meus pulmões queimam como fogo. A voz custa-me a sair pela garganta. Vejo aproximar-se sem nenhuma compaixão a sombra da misteriosa morte. O alento da morte. Não sei quanto tempo mais resistirei nesse vale de lágrimas, e, antes que se apague a chama da minha insípida vida, tenho uma missão última a cumprir. E queira Deus que tempo haja para tanto. Tanto a dizer... Mas a voracidade do tempo é mesmo implacável.

Sou muitíssimo grato ao doutor Jean-Martin Charcot, esse anjo protetor que há mais de uma década vem me assistindo e tentando evitar o inevitável declínio da

---

[*] O texto original do manuscrito foi adaptado para a ortografia moderna (N.A).

minha saúde. Hoje sei que seus esforços mais hercúleos nesse sentido seriam em vão. Meu destino estava traçado por um aparentemente insignificante incidente do passado. Ah, se eu tivesse sabido antes! Talvez tudo fosse diferente agora. Seria ainda senhor da minha vitalidade, da minha antiga disposição. Teria tido forças para perceber e resistir ao covarde golpe que me relegou ao triste exílio. Mas Charcot foi também, talvez, o personagem mais importante nessa fantástica aventura que aqui narrarei, pois, mesmo sem perceber, abriu para mim as portas à estranha realidade que me foi revelada.

Este é um escrito especial. Durante toda minha vida tenho preenchido folhas e mais folhas de papel com meus rabiscos diários, deixando registrado para a posteridade as aventuras e desventuras deste pobre homem a quem a vida confiou pesada carga. Já disse e torno a repetir: nasci para as letras e as ciências. Mas fui governante por uma determinação das circunstâncias, e acima de tudo pela vontade de meu povo. Mesmo assim, cumpri a missão que me foi confiada com o zelo máximo de quem cuida de um filho querido. O amado Brasil. Pátria mãe. Trabalhoso filho, que, enfim, me consumiu a vida. Tenho a consciência tranquila de que fiz o melhor que pude. Mas, hoje eu sei, contrariei forças poderosas que me custaram o império.

Há pouco deixei registrado, alhures, mais uma vez, as impressões e os sofrimentos deste longo dia. Pela importância do que fui, certamente aqueles escritos serão conhecidos, estudados, dissecados. Mas aqui parto para uma jornada secreta. Aqui deixarei registradas, se assim o criador me der forças ainda, coisas que o mundo racional de hoje, e quiçá também o vindouro, não está preparado para compreender e aceitar. Mesmo eu, custa-me acreditar nas minhas próprias palavras. Só sei que vivi o que vivi, e disso não tenho dúvidas. Mas faço questão de declarar que estou agora como sempre estive: em pleno uso das minhas faculdades mentais, os pensamentos limpos e afiados, a memória ainda perfeita, apesar da extrema debilidade que acomete minha combalida estrutura corporal.

Minha vida foi uma eterna busca pelo saber. Durante o tempo em que me foi permitido, viajei pelos recantos mais distantes do meu amado Brasil. Procurava conhecer as necessidades do meu povo e ao mesmo tempo saciava a sede de minh'alma. Fiz questão de estar em frentes de combate, reprimindo os levantes que ameaçaram a unidade da minha nação. Atravessei rios, mares e oceanos. Conheci mundos estranhos e fascinantes. A sede do conhecimento e de novos experimentos levou-me a longas viagens aos Estados Unidos e às exóticas terras do Oriente. As desventuras da vida conduziram-me a recantos da Europa. Minhas raízes levaram-me a Portugal. O encanto fez-me retornar a Paris, local que escolhi para viver meus últimos dias, já que me foi negado o tão ansiado retorno ao seio do meu grande povo.

Por longas noites deslizei nas páginas de centenas de livros, em línguas mais variadas e estranhas. Contudo, nenhuma viagem foi para mim tão fascinante quanto aquela em que cruzei os portais da minha mente, as dimensões do tempo e do espaço, e fez-me conhecer mistérios do passado e do futuro. Eu, que sempre fui indiferente às coisas do mundo invisível, que sempre fui um escravo da razão, que sempre busquei a confirmação das coisas com meus sentidos, vi-me obrigado a sucumbir diante de evidências que abalaram minhas crenças mais profundas. De repente me vi envolvido por uma misteriosa trama que atravessou milênios e me fez duvidar até da minha própria sanidade, embora hoje eu admita a possibilidade de que este mundo é muito mais do que podemos ver ou sentir com nosso limitado corpo físico.

Hoje, no fim da vida, lamento o tão pouco tempo que me foi dado para tentar compreender esses mistérios. E, mesmo sem tê-los compreendido, apesar do esforço, preciso contar o que vivi, por mais que minha razão insista no contrário. Mas advirto que o que virá a seguir pode chocar as mentes presas ao mundo chamado real. Existe um mundo real? Seria real o mundo? Hoje tenho minhas dúvidas. Queria viver outra vida para me dedicar ao estudo dos mistérios do universo e da mente humana.

Deixo ordem expressa ao meu mordomo, o dedicado conde de Aljezur, para que durante minha vida e após a minha morte estas palavras permaneçam secretas, ocultas de alguma forma, de modo que somente possam ser conhecidas, quiçá, em tempos mui futuros. Temo que, se descobertas precocemente, possam abalar as impressões sobre minha sanidade e até sobre a legitimidade das decisões que tomei durante o meu governo.

Hoje sei que estive cercado por pessoas que, como aves de rapina, esperavam o menor sinal de fraqueza para abocanhar o poder. Para estas, o conhecimento das coisas misteriosas que irei aqui tratar somente serviria como sórdida munição.

Pois bem. Tudo começou no inverno de 1887. Eu estava em minha terceira viagem fora das terras brasileiras. Foi por sugestões médicas. Sentia-me fraco. Minha saúde ruía. Lembro-me de que embarquei no vapor francês La Gironde. Comigo, estavam a imperatriz, meu neto Pedro Augusto, meu médico, o visconde de Mota Maia, meu camarista, o visconde de Nioac, e meu professor de línguas orientais, o dedicado Seybold, com quem traduzia, então, "As mil e uma noites" do árabe para o português.

Já em Paris, recebi as primeiras visitas da junta médica. Vieram me ver o doutor Jean-Martin Charcot, seu colega, o doutor Charles Édouard Brown-Séquard, e outros médicos cujos nomes me fogem à memória neste instante. Afora um diagnóstico de anemia e fadiga, os médicos não chegaram a nenhuma conclusão sobre minha abalada saúde. Charcot comentou que eu estava muito envelhecido, e certamente pelo fardo do trabalho. Recomendou-me uma temporada na estância de águas termais de Baden-Baden, na Alemanha. Aceitei a sugestão. Mas, antes, precisava respirar um pouco Paris, ar que deveras me alimentava não apenas os pulmões, senão o espírito.

Bastava pisar no solo dessa magnífica cidade para sentir-me jovem outra vez. Aqui, livre das enfadonhas obrigações do império, fui fazer o que mais gostava: visitar amigos intelectuais, sábios, gênios da arte e da ciência, grandes homens para quem as fronteiras a serem alargadas não eram as da expansão do domínio do mundo material, mas as do conhecimento humano. Antes, fui ao Panteão de Paris visitar o túmulo do maior de todos os escritores, Victor Hugo, a quem tive a honra de conhecer numa viagem anterior, surpreendendo-o em sua própria casa, quando não me esperava.

Do outro lado da rua visitei meu amigo Ferdinand Denis. Foi inacreditável. Estava com 90 anos de idade e parecia um menino, tamanho o vigor. Continuava a classificar e organizar seus alfarrábios na Bibliothéque Sainte-Genoviéve. Estava eu mui intrigado com a longevidade intelectual dos sábios franceses. Conversei longamente com Denis. Ele, ao saber que me tratava com Charcot, perguntou-me se tinha conhecimento das maravilhosas experiências que o doutor realizava no Hôpital de La Salpêtrière.

"De quê?", perguntei, interessado.

"Sobre os fenômenos da mente humana", ele respondeu. "Charcot está usando o magnetismo para curar, ao que parece. Ontem recebi aqui um aluno seu. Narrou-me coisas interessantíssimas! Como Vossa Majestade é um ávido investigador da ciência, achei que já tinha tomado parte de tais experiências."

Respondi-lhe que não, que o doutor Charcot, com sua objetividade e eficiência, se limitara a cuidar das minhas queixas, certamente poupando-me de assuntos que achara enfadonhos para mim. Até então, apesar das várias consultas, o bom doutor não encontrara intimidade para me falar de suas atividades. Ah, quantas oportunidades para o conhecimento perdi pelo simples fato de ser um imperador. Não raras vezes sou tratado com exagerado respeito e deferência, o que fecha as portas do contato mais íntimo e profícuo. Assim se dera com o doutor Charcot, que até então me sonegara informações sobre as tais maravilhosas experiências, as quais imediatamente me aguçaram a curiosidade.

Visitei naquele mesmo dia o químico Michel Eugène Chevreul. Interessava-me conhecer seus estudos sobre a química das cores. Incrível a vitalidade daquele homem de um século de existência, sólido como uma rocha. Diante de sua altivez, não me contive e lhe disse: "É a minha velhice que vem saudar a vossa juventude de cabelos brancos. Poderia compartilhar comigo o caminho da fonte da juventude?"

Ao que ele respondeu, gentilmente: "Vossa Majestade tem o espírito de uma criança". E falou-me sobre suas experiências com comidas sem açúcar e cheias de gorduras naturais, acompanhadas de longas caminhadas no Parc de Saint-Cloud. Em respeito, escutei-o com atenção, mas no meu íntimo achava absurdas suas considerações sobre a comida. Certamente haveria outra explicação mais racional para os longos anos de Chevreul. Talvez venha de família.

Ao sair da casa do grande químico, porém, e por todo o resto daquele dia não me esqueci das tais experiências maravilhosas no La Salpêtrière. O que viriam a ser tais coisas?

É certo que algumas experiências estranhas não me interessam. Recordo-me agora do monólogo humorístico "Tout a Brown-Séquard". O texto de Georges Feydeau. Ele não poupou o bom doutor Brown-Séquard contando suas experiências ao buscar o elixir da eterna juventude injetando em si mesmo e em outros velhos fluido testicular de coelhos. Tive a sensatez de não me submeter a tal procedimento bizarro. Pura tolice, pareceu-me. Mas aceitei tornar-me cobaia de outras experiências suas. Brown-Séquard, com o auxílio de Arsouval, fez experiências sobre a rapidez da corrente nervosa em mim, na imperatriz e em outros. A que observaram em mim é menor que a normal. E isso me preocupou.

Depois, finalmente fui visitar o doutor Charcot no Hôpital de La Salpêtrière. O ambiente não me agradou. Projetado por Louis Le Vau e construído no século XVII para ser uma fábrica de pólvora, o prédio foi, quinze anos depois, convertido em depósito de pobres, mendigos, desocupados e marginais diversos que poderiam perturbar a ordem da cidade de Paris. Serviu de prisão para prostitutas e como um local para manter afastados da sociedade os doentes mentais, os criminosos insanos, epilépticos e os desvalidos em geral. O lugar também era famoso pela sua grande população de ratos. Na Revolução Francesa, foi tomado por um bando de bêbados, que libertou as prostitutas. Muitas mulheres alienadas foram arrastadas para a rua e assassinadas.

Depois, Salpêtrière serviu como asilo e hospital psiquiátrico para mulheres. Philippe Pinel o reformou. Mas ainda assim é um lugar triste, que me lembrou a fragilidade da condição psíquica humana.

Atravessei seu imponente arco de entrada. Charcot aguardava-me após a escadaria. É imenso o prédio. Diz-se caber ali 10.000 pacientes. Charcot disse que estudava o nervosismo e a histeria em mulheres. Revelou-me, então, que utilizava a hipnose em seus estudos. Presenciei várias demonstrações. Assisti a experiências de Charcot de hipnotismo sobre pessoas nervosas. Realmente se dão ali fatos notáveis que não se podem atribuir ao fingimento. Essa nota já registrei no meu diário regular. Mas o que se passou depois ocultei, e somente aqui tenho coragem para relatar.

Praticava-se ali o que chamavam de "grand hipnotisme". Charcot confidenciou-me que, segundo seus experimentos, somente os pacientes histéricos podiam ser hipnotizados. O estado de hipnose seria, na verdade, um estado de histeria. Ele me explicou que havia identificado três estágios hipnóticos. Escolhendo uma paciente que me pareceu mui submissa, tratou de demonstrar esses estágios.

O primeiro era a letargia. O processo dos passes magnéticos, em que ele utilizava ímãs e placas de metal, junto com excitações fracas, monótonas e insistentes, determina a letargia. Os olhos da mulher cerraram-se rapidamente. Sua respiração se tornou levemente ruidosa, como um ressonar alto, e os seus membros caíram flácidos e inertes. A insensibilidade para a dor pareceu-me completa. A atividade sensual fica consideravelmente enfraquecida e sem ação. Quase aniquilada. A sensibilidade muscular fica, ao contrário, muito exaltada. A mais leve e insignificante excitação, operada através da pele sobre os nervos ou sobre os músculos, determina a contração enérgica e demorada desses órgãos. Charcot tocava em um determinado músculo da sua cobaia e determinava a sensação a ser sentida: insensibilidade incrível, dor extrema, choro convulsivo, alegria exagerada, gargalhadas. Tudo a um só toque e a uma só palavra! Tudo se produzia conforme suas palavras. Ao final de cada reação, a expressão da moça se tornava impassível!

Em seguida Charcot mostrou a catalepsia. Produzia o estado cataléptico levantando-se as pálpebras da letárgica, permitindo, assim, que a luz intensa do ambiente impressionasse seu cérebro. O traço mais saliente do estado cataléptico é a imobilidade. A catalepsiada, em pé, na posição mais violenta e mais forçada possível, conservava-se em perfeito equilíbrio, direita, como se fosse uma verdadeira estátua. Os olhos permaneceram largamente abertos, arregalados mesmo, de forma assustadora. Os membros conservaram indefinidamente toda e qualquer posição que se lhes desse, adquirindo impressionante rigidez do mármore. Charcot, então, abaixou as pálpebras da mulher e a conduziu novamente ao estado letárgico, fazendo-a desfalecer nos braços de Joseph Babinski, o diretor da clínica e discípulo do grande neurologista.

Por último, produziu-se o sonambulismo. Dos estados hipnóticos que observei, aquele foi o mais interessante e o mais vivamente surpreendente. Exercendo uma pressão suave com uma leve fricção sobre a cabeça da sua paciente, Charcot fez desaparecer, fácil e instantaneamente, os sintomas da letargia. Ficou ela como que adormecida. A uma ordem, ela abriu os olhos e passou a seguir a mão de Charcot, acompanhando-o em todos os movimentos que ele fazia. Imitava seus atos, ria, assobiava, mostrava a língua. Imitando-se os movimentos apropriados de quem persegue uma ave, imediatamente se produzia na hipnotizada a alucinação visual de uma ave voltejando pelo ar; se se fingia estar aterrado pela presença de um animal qualquer, o mesmo terror se pintava imediatamente no rosto da hipnotizada. Charcot explicou que o sonâmbulo podia ver através da mais estreita fenda palpebral, e até com as pálpebras completamente cerradas, por causa da transparência que as membranas possuem em presença da luz viva. A moça leu desembaraçadamente a frase de um livro em meia obscuridade. Conseguiu distinguir sem visível esforço a forma dos caracteres. Eu, na mesma pouca luz, não consegui enxergar senão manchas escuras, mesmo equipado com meu pincenê. Distanciando-se cerca de 15 metros, Charcot soprou com força, e, mesmo com tal distância, sua paciente pareceu sentir a sutil corrente de ar.

Mas tudo aquilo, por mais impressionante que fosse, não chegava aos pés do que me seria revelado através de uma forma de hipnose avançada e maravilhosa, que eu nunca, mesmo nos meus devaneios mais absurdos, imaginaria.

Terminada a demonstração, que fora ainda assistida pelos ilustres doutores Paul Richer, Féré e Gilles de La Tourette e deixou a todos espantados, fui abordado pelo doutor Joseph Babinski, que, como eu disse, era o diretor da clínica, mas também discípulo de Charcot. Iniciamos uma conversa, logo interrompida por Charcot, que veio me cumprimentar e solicitar a Babinski que me fizesse companhia, pois teria que tratar uma de suas pacientes em crise nervosa, que reclamava aos berros seus cuidados.

Babinski, então, apontou-me entre os ainda presentes um homem forte, de longos bigodes finos e repuxados, com uma curiosa barbicha. Vestia-se como um militar. Foi dizendo: "Majestade, creio que devo apresentá-lo a alguém muito especial, porque, como o senhor, também possui gosto extremo pelo conhecimento e pelas ciências. Trata-se do tenente-coronel Eugène Auguste Albert de Rochas d'Aiglun. É um grande engenheiro militar, mas também historiador da ciência, pesquisador de fenômenos hipnóticos, estudioso dos mistérios da psique e escritor. É um profundo conhecedor de tudo o que há escrito hoje em dia sobre as ciências psíquicas. Dedica-se especialmente a experimentações sobre magnetismo animal. Tem feito interessantes observações sobre a exteriorização da sensibilidade e corpos astrais. É um respeitado membro de várias sociedades científicas".

Enquanto Babinski chamava o homem com um gesto, recordei-me de que havia adquirido duas de suas obras, "La Science dans l'Antiquité: Les Origines de la Science et ses Premières Applications" e "Les Forces non Définies, Recherches Historiques et Expérimentales", embora ainda não tivesse tido tempo de lê-las, e estava surpreso por encontrá-lo naquela ocasião, pois sempre tivera curiosidade de conhecer melhor suas controvertidas experiências.

Fomos apresentados, e ele demonstrou profunda honra em também me conhecer, dizendo-se grande admirador de minha pessoa. Babinski nos conduziu ao seu gabinete, e ali a ele informei minhas impressões sobre a notável apresentação de Charcot, ao que ele mencionou que a hipnose poderia ter sido melhor estudada, não fossem os entraves da comunidade médica.

Ele me contou como começara as descobertas de tão impressionante fenômeno. Falou-me sobre Franz Anton Mesmer, que morrera em 1815, de quem eu já tinha lido, que havia atribuído várias curas ao magnetismo humano e de materiais. Mesmer acabou sendo acusado de charlatanismo e perseguido por suas ideias. Mencionou Braid, que deu o nome de hipnotismo ao sono induzido e que provara que tal fenômeno independia do hipnotizador, ao observar que a pessoa poderia entrar no sono hipnótico apenas fitando demoradamente, e sem piscar os olhos, um determinado ponto. Em seguida falou de Bernheim e da Escola de Nancy, na Alemanha, que tentavam desqualificar as experiências de Charcot, pois pregavam que a histeria não era a manifestação doentia da hipnose, como se acreditava em Salpêtrière. Relatou as experiências que fizera, transferindo doença de um paciente para outro através de um grande ímã.

Babinski confidenciou-nos que se sentia seduzido pelas ideias revolucionárias da escola de Nancy. Porém, permanecia fiel a Charcot por uma questão de princípios. Não obstante isso, convencia-se mais e mais a cada dia de que o hipnotismo era um estado psíquico que se manifestava por fenômenos provocados por sugestões, que podem fazê-los desaparecer, e que, embora idênticos aos fenômenos histéricos, tinha razões para acreditar que se tratava de algo bem diferente. A tremenda força que a mente humana possuía, de curar, anestesiar, mudar a personalidade, tudo através de sugestões ditadas no estado correto, era algo indiscutível. E disse algo que realmente me interessou: qualquer pessoa poderia acessar o estado hipnótico, não apenas pacientes histéricos.

Pedi as impressões de M. Albert de Rochas sobre o tema. Ele iniciou uma abordagem inteiramente nova, que me surpreendeu. Inicialmente, concordou com a observação final de Babinski. Lembro-me de que falou em seguida das experiências do sábio iluminista francês Marques de Puységur, que vivera entre o final do século passado e o começo deste século XIX. Contou-nos que certa manhã, quando em repouso em sua área de campo, enquanto aliviava pelo magnetismo um jovem camponês, Puységur observou que, em vez das convulsões da crise mesmérica, o rapaz caía em um sono tranquilo e profundo. Para sua surpresa, Victor, o camponês, embora aparentemente adormecido, manifestava intensa atividade mental, expressando-se sem o seu arcaico dialeto em temas que ultrapassavam suas condições cotidianas. Enquanto reproduzia essas experiências nos dias seguintes, o marquês foi mais uma vez surpreendido. Durante o sono magnético, o jovem Victor parecia capturar os pensamentos e desejos de Puységur, sem que fosse necessário formulá-los. Assim, como uma ordem, o marquês formulava um desejo silencioso e Victor o expunha, como se tivesse acesso direto ao que estava acontecendo na mente de seu magnetizador. Além disso, enquanto em transe, Victor ajudava Puységur a diagnosticar os males de seus outros pacientes e explicava como se comportar em relação a eles. Puységur também descobriu que um sonâmbulo podia ver dentro de seu corpo enquanto era magnetizado, e podia diagnosticar a doença, a previsão da data da sua cura, e até mesmo se comunicar com os mortos e ausentes. Ao acordar, Puységur observou que sonâmbulos esqueciam tudo o que acontecera com eles enquanto estavam magnetizados. Os fenômenos de "lucidez magnética" desafiaram a racionalidade do iluminista, pois pareciam demonstrar que a consciência humana podia superar, em certas circunstâncias, as restrições espaço-temporais.

Instado por Babinski a falar sobre seus experimentos, o senhor Albert de Rochas foi reticente. Percebi que não desejava falar sobre suas impressões. Talvez por respeito ao que se pregava e se praticava em Salpêtrière. Era um cientista, mas acima de tudo um cavalheiro. Limitou-se a dizer que estava tentando reproduzir as experiências feitas pelo Marquês de Puységur, com alguns êxitos.

Cada vez mais eu estava impressionado com aquela surpreendente conversa. Naquele momento, porém, fomos interrompidos. Charcot bateu na porta e entrou no gabinete, desculpando-se pela demora, ao tempo em que cumprimentava animadamente o coronel Albert de Rochas. No fundo, eu estava contrariado. Lamentei aquela interrupção. Mas, como já era tarde, despedi-me de todos e me pus de volta ao hotel. Rochas acompanhou-me na saída, e então se expressou de uma forma que me despertou toda a curiosidade.

"Se Vossa Majestade me der a honra de visitar-me certa feita, poderá presenciar fenômenos que jamais esquecerá!", disse, com uma mesura respeitosa. Solicitei de pronto seu endereço, ao que ele me atendeu. Marcamos a visita para a tarde de sábado, dois dias depois.

V

## PARIS, 23 DE NOVEMBRO DE 1891

Depois daquele dia, meu interesse pela hipnose aumentou, assim como minha curiosidade. Que fenômenos seriam aqueles que superariam os dogmas de Salpêtrière?

Na data aprazada visitei o Cel. Albert de Rochas. Casa antiga, sem atrativos. Sóbria. Umas plantas bonitas no jardim. Fui recebido na porta. Fomos ao seu gabinete. Nessa ocasião, sentindo-se ele já bastante confortável com minha companhia, e estando empolgado com as discussões que tivemos, fez-me uma revelação surpreendente, que me levou a considerar sua loucura ou, pior, a mentira compulsiva. Mas ele era um militar tão respeitado, um estudioso com inúmeras obras e artigos publicados, que lhe concedi naquele instante pelo menos o benefício da dúvida. Era uma história inacreditável!

Ele contou-me que cerca de seis meses antes estava passeando por um campo, sozinho, num final de tarde, quando avistou uma estranha luz passeante no céu. Em princípio não dera importância, pois acreditara tratar-se de uma estrela cadente. Mas a luz se deslocou rapidamente, mudando de direção num ângulo reto. Não era um comportamento comum para uma estrela. E o mais incrível se seguiu: a luz misteriosa parou e pairou sobre sua cabeça, crescendo às suas vistas, como que se aproximando da terra. Viu-se, em seguida, sugado por uma força misteriosa, e no momento seguinte estava num ambiente brilhante, cercado de luzes. Foi colocado em uma espécie de cama por seres estranhos, apavorantes, com olhos grandes e escuros. Tais seres, que então o cercaram, assemelhavam-se a homens pequenos com grandes cabeças de besouro e antenas que às vezes se agitavam como pequenos braços. Possuíam um brilho cinzento, bastante variável de acordo com os indivíduos.

Albert de Rochas disse ter permanecido atônito e paralisado pelo terror. Mesmo assim, viu-se imobilizado pelas horríveis criaturas. Começaram, então, a realizar passes longitudinais, lançando as mãos de quatro dedos da cabeça em direção aos pés do coronel, de forma quase frenética. Imediatamente foi como se sua mente saísse do corpo e acessasse outro lugar imaterial, um éter fluido. Ali, ele disse que se sentiu invadido por conhecimentos e informações repentinas, cenas do passado, em velocidade tal que não podia julgar ou analisar. Estava maravilhado. Algum tempo depois percebeu os estranhos seres alterarem o sentido dos passes. Eram agora no sentido transversal. E dali a instantes vieram imagens que pareciam do futuro. Coisas maravilhosas, segundo o coronel Rochas, indescritíveis. Deixou-se tomar pela sensação, e uma impressão ficou marcada na sua mente: a de que o passado, o presente e o futuro são a mesma coisa, se confundem, e que o tempo, na forma como o percebemos, é apenas uma ilusão. A consciência poderia acessar qualquer momento da história, bastava a chave correta. Não haveria nada a ser ocultado, nenhum segredo que não pudesse ser desvendado, fosse no passado ou no futuro. De repente ele estava novamente no campo, deitado, já ao escurecer, e se questionando se tudo não passara de um sonho. Mais admirado ficou ao retornar para casa e perceber que ficara mais de vinte e quatro horas desaparecido!

Lembro-me de que olhava abismado e boquiaberto para o experiente engenheiro militar, homem forjado na razão das ciências exatas, que reafirmou a veracidade da sua experiência formidável. Encerrou pedindo-me sigilo, pois, mesmo sentindo que fora escolhido como porta-voz dessa revelação estranha, não se sentia ainda preparado para divulgá-la ao mundo. Tinha muito a aprender através das experiências que estava realizando. Revelou que muito brevemente pediria afastamento para a reserva militar a fim de aprofundar seus estudos e poder, assim, publicar suas conclusões, por mais absurdas que viessem a parecer, sem o entrave dos limites do militarismo. Não o culpo. Compreendo sua angústia. O que diriam de mim em igual circunstância?

Um longo silêncio se seguiu, no qual eu tentava digerir aquela história fabulosa. Rochas observava minha reação que, confesso, era de total incredulidade. Ele sorriu ao dizer: "Sabe de uma coisa, Majestade? Se me permite dizer, eu encontrei a chave para acessar o passado e o futuro".

Meu espanto aumentou, se é que isso ainda era possível naquelas circunstâncias. "Como?", indaguei, gaguejando.

"A hipnose é a chave", ele disse. "Não aquela que o senhor assistiu em Salpêtrière. Mas uma hipnose especial. Uma forma de indução a um certo nível de sono em que o sujeito se liberta das amarras do tempo. É como se sua mente pudesse vagar livremente por toda a história da humanidade, inclusive vendo e percebendo coisas que ainda não existem e que poderão acontecer num momento futuro."

Aquilo era realmente incrível, se fosse verdade. Pensei em todo o conhecimento perdido e que poderia ser resgatado. "Mas como isso é possível? O tempo corre em linha reta. O passado ficou para trás. Apenas deixou marcas nas memórias, nos documentos e monumentos. O futuro é algo que ainda não existe", eu disse.

"Isso também era no que eu acreditava", ele disse. "Até que, impressionado com as revelações dos homens das estrelas, comecei a tentar reproduzir pela hipnose aquele estado maravilhoso que experimentei. Fiz muitas experiências secretas nestes últimos meses. Nunca desisti, apesar de alguns fracassos. Algo me dizia que eu estava no caminho certo. Experimentei com várias cobaias, de jovens a velhos, e de ambos os sexos, sempre pondo em prática a forma de indução que me foi ensinada por aqueles seres. Descobri que mais da metade dos meus sujeitos, após eu aplicar a técnica especial e levá-los ao nível adequado de sono, conseguiam acessar o passado e algumas vezes também o futuro. Descreviam outros lugares, outras épocas, e narravam acontecimentos extraordinários. Às vezes pronunciavam frases inteiras em línguas desconhecidas."

Eu o desafiei a expor o seu método, em linhas gerais. Peço aqui perdão a quem está se aventurando por estas linhas, mas creio importante reproduzir a narrativa do método de Albert de Rochas, pois minha intenção nestes últimos momentos é relatar com a máxima fidelidade minhas experiências no campo do insólito, especialmente aquelas que me fizeram saber da misteriosa trama milenar que determinou o rápido decréscimo da minha vitalidade, como será narrado mais adiante.

Segue agora, com minhas próprias palavras, é claro, o que recordo do relato de Albert de Rochas sobre a sua incrível técnica de induzir o sono magnético capaz de levar o sujeito ao passado ou ao futuro, além de fazê-lo enxergar seu próprio fantasma!

Disse ele que, sob a influência de passes longitudinais exercidos de cima para baixo à maneira daqueles realizados em si pelos estranhos seres cinzentos, e combinados com a imposição da mão direita sobre a cabeça do sujeito, este é levado a uma breve letargia. Daí a pouco, insistindo-se nos referidos passes, vem o sonambulismo, e o sujeito parece uma pessoa desperta gozando de todas as suas faculdades. No entanto, é bastante sugestionável e apresenta o fenômeno da insensibilidade cutânea. A memória é aumentada quanto a fatos de seu próprio passado. Segue-se nova letargia. Na fase seguinte, o sujeito não percebe ninguém além do magnetizador e das pessoas que este coloca em relação àquele, seja por um contato ou mesmo por um simples olhar. Apresenta sensação de bem-estar bastante pronunciada, diminuição da memória normal e da sugestibilidade. A sensibilidade começa a exteriorizar-se em uma camada paralela ao corpo e situada a cerca de 35 mm da pele, de modo que, se o magnetizador simular um beliscão nessa distância do corpo do sujeito, sem tocá-lo, este demonstra senti-lo. Segue-se nova letargia. Depois, a sensibilidade continua a exteriorizar-se e pode-se constatar uma segunda camada sensível a 6 ou 7 cm da primeira e de menor sensibilidade. O sujeito experimenta as sensações do magnetizador quando este se coloca em contato com ele. Um verdadeiro rapport! A sensibilidade cutânea desaparece, assim como a memória dos fatos; elas não reaparecem nos estados seguintes, mas a memória da linguagem subsiste nesses estados, já que o sujeito pode conversar com o magnetizador. Segue-se novo breve estado letárgico. No estado seguinte, o sujeito percebe todas as sensações do magnetizador, mesmo sem contato, desde que a distância não seja muito grande. Ele passa também a enxergar os órgãos internos dos seres vivos. Não é mais sugestionável e perde totalmente a memória de sua vida; não conhece mais do que duas pessoas, o magnetizador e ele próprio, no entanto não sabe seus nomes. Em geral, a partir desse estado, um pouco mais cedo ou um pouco mais tarde, ele também passa a ver seu próprio fantasma, ligado ao corpo físico por um liame luminoso e sensível, que é como seu cordão umbilical. Tem uma tendência bem pronunciada a elevar-se até uma altura que ele não pode ultrapassar; isso parece depender do grau de evolução intelectual e moral dos sujeitos, que veem flutuar a seu redor seres apresentando uma cabeça com um corpo terminado em ponta como uma vírgula. Ficam felizes por terem saído de seu envoltório físico, de seus andrajos, segundo uma expressão que utilizam com frequência, e repugna-lhes para aí voltarem. É nesse estágio que se pode acessar os fatos do passado, aparentemente sem limite do tempo. Passes transversais o reconduzem ao estado de vigília, fazendo-o passar, em ordem inversa, por todos os estados e todas as letargias pelos quais passou ao adormecer. Se o magnetizador, porém, insistir prosseguindo nesses mesmos passes transversais, um novo sono é induzido, e em dado momento o sujeito parece ser conduzido para o futuro, pois passa a narrar fatos e descrever cenas e lugares sob uma perspectiva de idade cada vez mais avançada. Alguns chegam a descrever visões de um futuro longínquo, séculos e até milênios adiante!

Eu me senti deveras empolgado com aquelas possibilidades ilimitadas e desconhecidas. Discutimos um pouco mais sobre o assunto. Poupo o leitor de tais considerações, posto que apenas retóricas e nada de novo acrescentaria ao que já escrevi. Perguntei finalmente ao coronel se estava a registrar por escrito suas experiências, ao que ele respondeu estar apenas a tomar rápidas notas. Fi-lo ver que seria importante o registro sob olhar

de terceiro, não envolvido na relação magnetizado-
-magnetizador, que deveria descrever as ocorrências de
forma objetiva e sem julgamentos para manter a fidelidade do relato. Ele agradeceu a sugestão, disse que já
havia pensado naquilo, mas que pretendia escrever as
experiências somente após entrar para a reserva militar,
o que buscaria fazer nos anos vindouros.

Como o sol já estava a se pôr, lamentei o correr do
tempo, agradeci a confiança e a dedicação com que meu
novo amigo me conduziu naquela intrigante exposição das suas ideias e método. Regressei ao hotel muito
pensativo.

VI

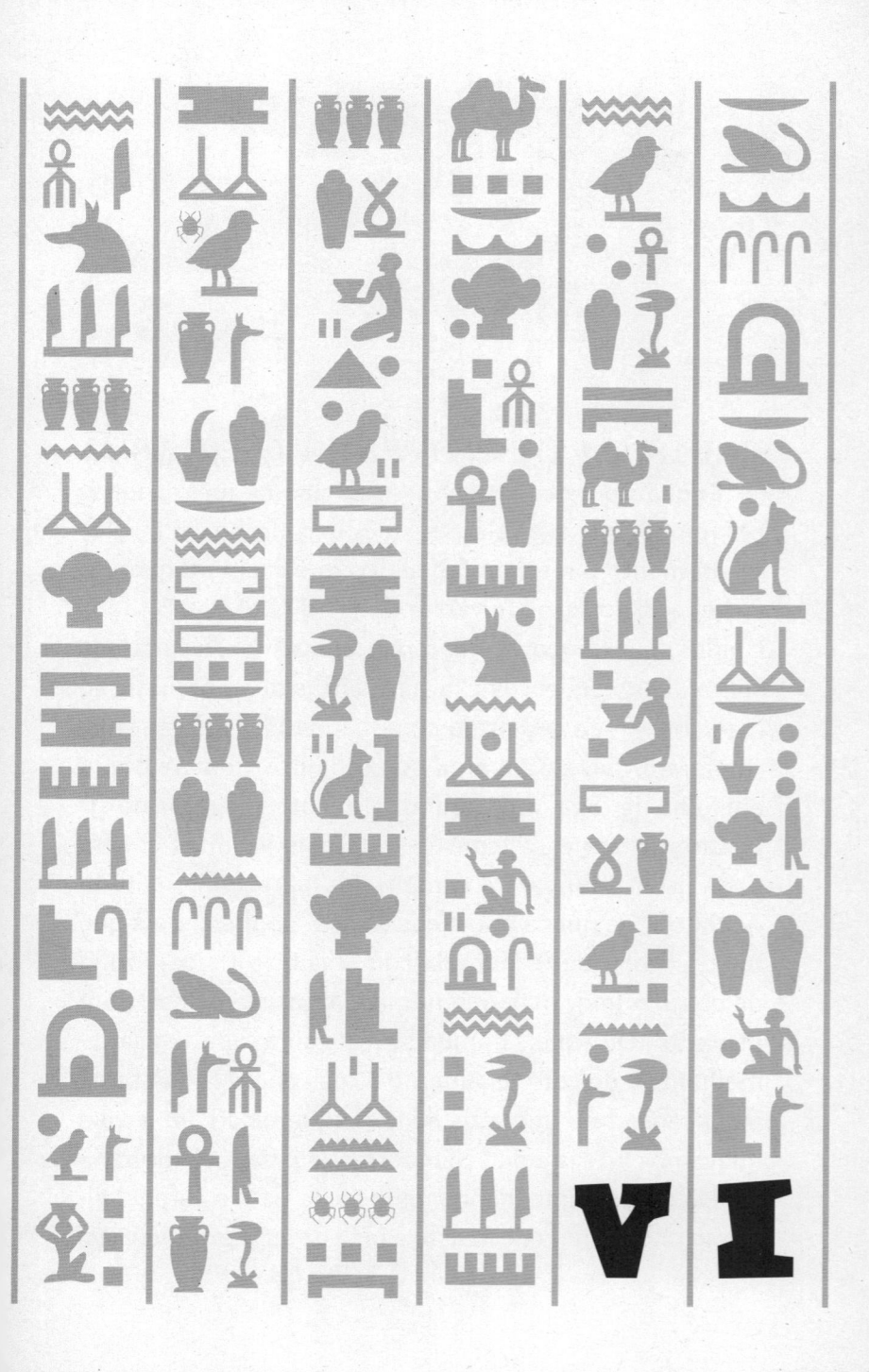

## PARIS, 24 DE NOVEMBRO DE 1891

Enquanto percorria as ruas de Paris naquele anoitecer remoendo as revelações de Albert de Rochas, veio-me à mente um relato fantástico que escutara quando visitei a Exposição Universal da Filadélfia, nos Estados Unidos, em março de 1876. Lá, enquanto discutíamos sobre acontecimentos extraordinários do sobrenatural, mencionei meu ceticismo com respeito a tais assuntos. Contaram-me, então, algo que teria ocorrido creio que em julho de 1854, no Alabama. Um homem estava no alpendre de sua casa, conversando com vizinhos e, sem nada dizer, saiu para o campo, desaparecendo na vista de todos. Ele nunca mais reapareceu. Soube depois que um escritor americano publicou essa história em forma de conto num jornal. Seu nome é Ambrose Bierce. Pura invenção? Ou aquele homem teve mesmo experiência semelhante à do coronel Albert de Rochas? Eu já não tinha mais certeza de que a realidade era aquela com a qual lidávamos no dia a dia. Não dormi bem naquela noite.

No dia seguinte mandei um recado para o coronel dizendo que gostaria de assistir a uma de suas experiências.

Ele me respondeu marcando dia e hora na sua casa. Fui. Lá chegando, dispensei meu cocheiro e adentrei sua casa. Fui conduzido ao gabinete. Ali já aguardava uma jovem dama que me foi apresentada como Mireille. Rochas apontou-me um assento e começou sua demonstração.

Era incrivelmente simples a técnica. Rochas a explicou antecipadamente, de forma resumida. Poria a dama sentada na sua frente, e daria passes magnéticos com a mão esquerda, indo da cabeça para baixo, enquanto mantinha a mão direita sobre a testa dela. Isso causaria um transe e, ora com silêncio, ora com sugestões orais, um retorno no tempo, uma regressão. Para trazer a remigrante de volta ao presente, Rochas daria passes magnéticos transversais, movendo ambas as mãos horizontalmente, do meio para os lados do corpo. Se ele continuasse com isso por muito tempo, a pessoa iria aparentemente ao futuro!

Ele assim o fez. Com a mão direita sobre a testa da dama, iniciou longos e lentos passes longitudinais, que iam da cabeça aos pés. Logo ela pareceu cair em um sono. Ficou completamente relaxada na cadeira. Letárgica. Após proferir algumas frases sugerindo um sono ainda mais profundo, Rochas picou o braço da jovem com uma agulha, sugerindo-lhe que estava completamente anestesiada. Não houve reação. Em seguida, porém, afastando-se cerca de uma polegada da pele, simulou um beliscão, ao que a mulher surpreendentemente fez uma careta de dor.

Instantes depois, novos passes, Rochas chamou a moça pelo nome e ela o atendeu. Mandou que regressasse à idade em que estaria nos primeiros anos escolares. Perguntou o resultado de simples operações de divisão. A resposta foi um manear de cabeça confuso. Pediu que Mireille escrevesse seu nome. Ela rabiscou seu nome com letra infantil.

Rochas fez novos e vigorosos passes longitudinais. Pediu que a moça descrevesse o que via. Ela disse ver uma princesa que morava num país que o mar banhava no poente (provavelmente a Palestina). Estava prisioneira numa torre. Seu pai procurava impedir um casamento. Seu pretendente tentava libertá-la à frente de uma tropa de guerreiros, fazendo o cerco à torre. Porém, o carcereiro a apunhalou antes que ela pudesse ser levada pelo amante.

Mais passes longitudinais.

Mireille, falando em fases curtas como se observasse uma cena, descreveu uma paisagem pedregosa, árida, cercada de grandes montanhas. Um rio cruzava o vale. Havia um acampamento. Ovelhas pastavam a pouca distância e eram guardadas por um homem forte, barbudo, com um longo cajado. Algumas mulheres esmagavam trigo numa roda de pedra e crianças brincavam nas margens do rio. Havia uma pequena aglomeração em frente a uma grande barraca. Lá dentro, uma reunião acontecia. Era um julgamento. Alguém praticara um terrível crime. Uma mulher estava no centro, ajoelhada e cabisbaixa. Ao redor, vários anciãos debatiam em língua estranha. Estavam exaltados e apontavam para a pobre infeliz. De repente, começaram a repetir uma palavra, em uníssono, e a mulher tremeu de pavor. Imediatamente foi arrastada para fora da barraca, aos prantos, e levada para fora do acampamento. Lá, cavaram um buraco e a enterraram de pé, até a altura da cintura. Começaram a apedrejá-la, sem nenhuma clemência. Nisso, a jovem hipnotizada se agitou, sacudindo-se com violência na poltrona. Rochas passou a fazer passes transversais sobre seu abdômen. Ela se tranquilizou. Nova letargia. Em dado momento, Rochas a picou levemente com uma agulha. Houve reação. Ele explicou que Mireille estava no presente.

Antes que ela despertasse completamente, Rochas continuou com os passes transversais, por cerca de um quarto de hora. Via-se seu esgotamento. Perguntou, então, como ela se via no espelho. Mireille se descreveu com cabelos brancos. A fala estava modificada, sussurrada, quase gutural. Lembrava a voz de uma anciã. Rochas perguntou em que ano estava. Ela disse que não sabia, mas havia explosões, gritos, choro e destruição à sua volta. Roncos contínuos e irritantes. A mulher instintivamente levou as mãos às orelhas, cobrindo-as e fazendo careta.

Rochas reiniciou os passes longitudinais, da cabeça aos pés, com sua mão esquerda, enquanto descansava a mão direita na testa da mulher. Ela se acalmou, e minutos depois despertava, ensopada de suor. Rochas também transpirava, esgotado, como se tivesse feito um esforço sobre-humano. Arriou em sua cadeira.

"Como vê, Majestade, é um sofrimento para ambos", disse, ainda ofegante.

Após servir um copo de água à dama e deixá-la se recompor, perguntei-lhe do que se recordava. Ela disse não se lembrar de nada. O coronel, então, a despediu, agradecendo sua presteza e disposição. Ficamos a sós.

"Confesso que estou impressionado. Nunca tinha presenciado algo desse tipo. Mas, meu caro coronel, isso não me prova uma viagem no tempo. A moça poderia ter inventado tudo", comentei.

"Realmente essa é uma impressão válida", disse ele. "Mas, se Vossa Majestade pôde observar com cuidado, certamente percebeu reações físicas impossíveis de serem inventadas. Isso coloca credibilidade na experiência."

"De fato, ocorreram", respondi. "Mas, mesmo assim, estou um tanto decepcionado com a demonstração. Embora ainda impressionante, se me permite dizê-lo, esperava muito mais."

"As coisas não acontecem de forma programada", ele rebateu, "e isso é o que torna mais fascinante o experimento. Numa sessão podem acontecer coisas inacreditáveis, enquanto em outras se revelam lembranças vagas, imprecisas e sem definição. Em outras, ainda, nada vem à tona. O acesso à biblioteca do tempo parece não poder ser totalmente direcionado, como se buscássemos um dado livro numa determinada prateleira. Alguma direção é possível imprimir, sim; mas o resultado é imprevisível. É mais como um mergulho num oceano, no qual se consegue capturar às vezes um peixe ou outro, pequeno ou grande, dependendo da sorte. Não sei quais os caminhos que a mente escolhe, e acredito que algumas informações não são reveladas se causar abalo na história da pessoa ou mesmo da humanidade. É como se existisse um mecanismo de autopreservação. A mente humana parece se conectar a algo universal, com acesso quase irrestrito e, no mais das vezes, aleatório aos fatos do passado e do futuro. Contudo, não pode acessar alguns segredos que ameacem a própria existência neste mundo."

"Bem, essa incerteza torna realmente mais interessante o estudo", retruquei. "Contudo, também mais decepcionante. Após nossa primeira conversa, eu havia ficado bastante animado ante a possibilidade de uma inusitada viagem ao conhecimento acumulado pela humanidade. Hoje, vejo, não é tão fácil assim, e me entristeço ante o pouco tempo que tenho para pescar um peixe no oceano."

"De fato, como havia dito a Vossa Majestade na nossa primeira conversa, foram muitas, várias dezenas, as tentativas que fiz para obter, aqui e acolá, algum êxito mais preciso. Mas isso em nenhum momento me desanimou. Sinto que estou no caminho, e que há muito a ser desvendado. Cada pessoa pode conter uma chave especial para uma época do passado ou do futuro. Empolgo-me no processo de encontrá-la, colocá-la na fechadura, girá-la e abrir lentamente a porta para ver o que há escondido naquele cômodo. Veja, Vossa Majestade, que me encanta o processo, e não tanto o resultado. O que procuro é descobrir o caminho, e não o destino. Preciso ainda mencionar que alguns procuram explicação na espiritualidade, pois parecem recordações de vidas passadas da pessoa magnetizada. Seria a prova da reencarnação? Às vezes fico a me perguntar", ele comentou.

"Quanto a isso, tenho minhas próprias crenças. Sou católico e aceito o dogma da ressurreição. Mas a explicação científica do acesso a uma região atemporal onde fatos acontecem ou podem ser resgatados realmente me impressiona e me interessa. Lembro-me agora do conceito de 'Ka', da religião do antigo Egito. Existe uma espécie de alma difusa que se alterna como a alma do mundo e como uma alma individual. Isso justificaria melhor para mim esse acesso ao saber atemporal", concluí, trazendo à baila minha sincera admiração pelos antigos e milenares conceitos da egiptologia.

"Outra coisa pude observar", disse ainda Rochas. "Algumas previsões para datas futuras próximas realmente se confirmavam; outras, não. Seriam apenas as consequências naturais de planejamentos? Ou pode-se de fato não apenas prever como também mudar o futuro, ao se ter dele conhecimento, através do livre-arbítrio?"

Encerramos ali nossa conversa e voltei para o hotel. Outros compromissos eu precisava cumprir naquele resto de dia. O tempo era pouco para tanto, e tudo o que fiz na minha intensa rotina pode ser lido nos meus diários regulares. Aqui, como eu disse, registro minhas memórias sobre o inusitado, aquilo que os livros de história não revelarão sobre mim. E o tempo urge! Eis que ouço os passos rápidos e apavorantes da morte. E eles ecoam cada vez mais alto.

Ainda no caminho de volta, refletindo sobre a inusitada experiência e os comentários do coronel Albert de Rochas, recordei um célebre trecho de uma resposta dada pelo saudoso Victor Hugo a um ateu, nos idos de 1866, quando questionado sobre a imortalidade da alma:

"Sinto em mim toda uma vida nova, toda uma vida futura. Sou como a floresta que várias vezes foi abatida: os jovens rebentos são cada vez mais fortes e vivazes. Subo, subo em direção ao infinito! Tudo é radiante diante de mim. A terra me dá sua seiva generosa, porém o céu ilumina-me com os reflexos dos mundos entrevistos!"

E em seguida me veio à memória mais uma pérola daquele gênio, um poema intitulado "Destinos da alma", cuja tradução pode ser a seguinte:

O homem tem sedes insaciadas;
Em seu passado sem calma
Sente reviver outras vidas,
Conta os nós de sua alma.

Procura no fundo das sombrias cúpulas
Sob que forma resplandeceu,
Ouve seus próprios fantasmas,
Que atrás de si lhe falam.

O homem é o único ponto da criação
Em que, para permanecer livre tornando-se melhor,

A alma deve esquecer sua vida anterior.
Ele diz: Morrer é conhecer;
Procuramos a saída tateando;
Eu era, eu sou, eu devo ser;
A sombra é uma escada, subamos.*

E depois de muito meditar tomei uma decisão. Tinha muito pouco tempo antes do retorno ao Brasil. Assim, iria me submeter ao experimento do coronel Albert de Rochas, com um objetivo específico que assombraria a maioria das pessoas: descobrir o exato instante da minha morte.

Faria de mim mesmo a melhor cobaia do hipnotista. Colocaria à prova sua teoria de forma extrema, porém incontestável, e literalmente poderia morrer tentando. Como ele me falou da tendência à autopreservação, certamente essa informação não me seria negada seja lá pelo que venha a ser essa tal biblioteca ou consciência cósmica. Contudo, tentaria também provar algo que questionava intimamente a partir daquela última conversa com Rochas: a possibilidade de mudar o futuro, de se evitar tragédias, de se tomar novo rumo através de

---

\* No original: Des destinées de l'âme / L'homme a des soifs inassouvies; / Dans son passé vertigineuu / Il sent revivre d'autres vies, / De som âme il compte le noeuds, / l cherche au found des sombres domes / Sous quelle forme il a lui, / Il entend ses propres fantômes / Qui lui parlent derrière lui. / L'homme est l'unique point de la création / Oua pour demeurer libre en se faisant meilleure, / L'âme doive oublier sa vie anterieure. / Il se dit: Mourir c'est connaître; / Nous cherchons l'ssue à tâtons; / I'fétais, je suis, je dois être, / l'ombre est une échelle, montons.

pequenas escolhas. Pensava agora que talvez existissem infinitas possibilidades de combinação de futuros, cada uma se construindo a partir de uma simples escolha pessoal no cotidiano, combinada com circunstâncias externas imponderáveis. Assim, poderia evitar a minha morte, se viesse a saber a hora exata e a forma como ocorreria.

Com esse pensamento sombrio, contatei mais uma vez o coronel Albert de Rochas e lhe propus a experiência.

Ele aceitou com um misto de relutância e entusiasmo. Perguntou-me insistentemente se eu tinha certeza da minha pretensão, pois não é natural para o ser humano querer conhecer o seu momento final neste mundo. A experiência, se bem-sucedida, poderia me ser traumática e mudar inexoravelmente o resto dos meus dias. Não meditei sobre suas sensatas considerações. Tal qual um adolescente impulsivo que se lança de uma ponte alta num mergulho incerto, insisti na minha insensatez.

# VII

## PARIS, 25 DE NOVEMBRO DE 1891

Desde ontem não mais consigo escrever. Vejo-me agora confinado em uma cama, no simples e acolhedor quarto 391 do Hotel Bedford, na Rue de l'Arcade, número 17, em Paris. Perco rapidamente minha essência. Resta-me a conformação.

Valho-me agora da boa vontade do meu mestre querido e tão dedicado a este agora trapo humano. Falo do bom professor Seybold, mestre de muitas línguas, que mui gentilmente tratou de ocupar o tempo desse velho com coisas úteis e que ainda me dão raro prazer a esta altura da vida. Ser-lhe-ei eternamente grato pelo auxílio nas traduções, pelos estudos do sânscrito, do persa e do hebraico. Foi a chave para o conhecimento antigo, e hoje, neste instante, é meu braço, minha mão, meus dedos e minha pena.

Hoje recebi a visita do meu bom amigo doutor Charcot. Veio assim que soube do acesso de tosse que tive ontem à noite. Cometera eu a imprudência de fazer um passeio de carruagem pelo Parc de Saint-Cloud. Ali fora porque senti a incontrolável ânsia de repetir os passos do meu pai nos anos em que morou no castelo de Meudon. A manhã estava fria e nublada. Uma temeridade no meu estado atual. Charcot confirmou que eu contraí uma gripe forte. Tenho que repousar para recuperar as forças. Vejo-me, porém, no dilema de não poder desperdiçar o tempo que me resta. Não sei mais quanto terei...

Mas... preciso voltar à narrativa.

Naquele dia seguinte parti logo de manhã cedo para o gabinete do coronel Albert de Rochas. Era um domingo de verão. Ele estava sozinho, pois pedi que não houvesse testemunhas do que iríamos realizar.

Deu-me algumas instruções iniciais. Deveria obedecer aos seus comandos sem questionamentos e procurar me concentrar apenas nas suas palavras, esquecendo tudo ao nosso redor. Fez-me sentar na poltrona. Tirei os sapatos para maior conforto. Começamos o processo.

Aí, um vago temor me invade. A ideia de um sono em que minha vontade será aniquilada quase me fez recusar a prestar-me àquela experiência, se a vontade de perseverar no meu intento maluco não me incitasse. Sentimento bastante complexo: o pavor do desconhecido, mas também um respeito humano, no fundo bastante banal, que de repente predomina-me numa confiança encorajadora no experimentador. No entanto, era com emoção viva que me entregava naquele instante às mãos do senhor Rochas, e também com uma sutil esperança de que eu não fosse suscetível de ser adormecido. Eu, o comandante de um país gigante, imperador coroado, estava prestes a confiar minha mente às mãos de um quase desconhecido. Confesso agora que aquele pensamento me impediu de obter maiores resultados naquela primeira tentativa.

Rochas senta-se diante de mim, pressiona com firmeza seus polegares nos meus pulsos e fixa seus olhos nos meus. Seu olhar incomoda-me primeiro e eu me enrijeço; depois, experimentando uma sensação dolorosa, como uma crispação dos músculos da pálpebra, tento desviar os olhos, mas não consigo! Então me deixo levar; sinto que ele fecha meus olhos com os dedos, pousando a mão na minha testa; e não percebo mais nada.

De repente, ouço-o ordenar-me que abra os olhos. Faço-o facilmente e parece-me que me encontro em estado normal. Fico bastante assombrado quando o senhor Rochas me diz: "O senhor está adormecido". E, efetivamente, não conseguia, se ele me proibisse, levantar nem o braço, nem a perna, nem fazer qualquer movimento. No entanto, ao redor de mim distinguia todas as coisas como neste momento.

"Vou despertá-lo para que o senhor não se fatigue demais esta primeira vez. O senhor se lembrará de tudo quando estiver acordado. Dê-me seu relógio." Tiro o objeto da algibeira e lhe dou. "Bem! Observe que o senhor me deu seu belo relógio. O senhor não se lembrará desse ato quando estiver acordado, mas se lembrará de todos os outros."

Rochas sopra sobre meus olhos. Sinto que me enrijeço. Perco a consciência do que se passa. Em seguida reabro os olhos, um pouco aturdido. Já posso levantar-me e andar à vontade. "O senhor tem lembrança do que fizemos e dissemos enquanto estava adormecido?", pergunta-me. Alguns segundos de esforço, seguidos de uma resposta afirmativa. "Eu lhe disse para me dar seu relógio?" "Sim", eu disse. "O senhor me deu?" "Não", respondi. "Então pode me dizer as horas?" Revisto meus bolsos; não o encontro. Rochas, devolvendo-me o relógio ante meu espanto, me diz: "O senhor me deu seu relógio; mas eu lhe tinha ordenado que esquecesse o fato".

Essa foi nossa primeira sessão, e ele não quis ir além. Senti-me, contudo, instado a retomar o quanto antes uma nova tentativa, que marcamos para três dias depois.

Chegado o dia e hora combinados, Rochas repetiu o procedimento, ao tempo em que sussurrava insistentemente que o sono estava tomando conta de mim. Confesso que mais uma vez procurei inconscientemente resistir, apesar da vontade de me submeter. Minha mente analítica procurava mais uma vez negar as sugestões que Rochas me dava. Creio que, após cansar e fechar os olhos, comecei a sentir uma energia sutil percorrer todo o meu corpo de cima a baixo, insistentemente. Senti-me dominado por um torpor letárgico que me impedia de mover quaisquer músculos de meu corpo. Tentei debilmente levantar um braço. Impossível. Aceitei, então, num misto de surpresa e satisfação, o incontestável: entrara mais uma vez em transe hipnótico.

Ouvi a voz do magnetizador dizendo-me que, por mais profundo que fosse o meu sono, eu me lembraria de tudo quando acordasse.

Rochas sugeriu em seguida que diante de mim havia uma grande ampulheta. Eu a vi com os olhos da minha mente e parecia muito real. Disse ele que, à medida que a areia descia, meu estado de torpor se aprofundaria. Senti-me como que afundando nas areias da ampulheta, levado por um redemoinho a um lugar profundo e desconhecido. Sugeriu o senhor Rochas que eu me libertava, naquele momento, dos limites do tempo e do espaço. Senti-me de repente como que arrebatado pelo espaço, num voo insólito e descontrolado, passando rapidamente por imagens confusas e indefiníveis. Naquele momento passei a sentir algo como ondas transversais sobre meu peito e abdômen. Ordenou-me Rochas que me visse num momento crucial do meu futuro. Não sugeriu o momento da minha morte, mas se formou em minha mente, de forma clara como se presenciasse a cena, a imagem do quarto de um hotel desconhecido.

O lugar parecia ser Milão, na Itália. Estranho. Eu não fizera planos de visitar aquela cidade. Eu estava deitado numa cama e sentia fortes tremores. Era febre alta. Mota Maia estava ao meu lado, andando de um lado para o outro. Ele estava muito preocupado. Aguardava a chegada de alguém. Senti meu pulmão queimando, como agora sinto. A respiração difícil, forçada. Um padre aparece no quarto e me dá a extrema-unção. Alguém menciona a data: 11 de maio de 1888. Cerca de seis meses depois daquela sessão. Sentia, porém, que aquele não era o momento da minha morte. Não sei explicar como tinha tamanha certeza. De fato, não foi. Os cuidados do visconde de Mota Maia me salvaram da morte por inflamação da pleura no pulmão.

Senti mais uma vez uma energia varrendo horizontalmente à altura do meu estômago. A voz de Albert de Rochas agora soava quase imperceptível, e finalmente sugeriu que eu visse o exato momento da minha morte.

Viajei como um raio para o Rio de Janeiro. Vi-me num teatro. Saía de um espetáculo. Procurei algum vestígio da data. Nada. Ao que parece, tínhamos assistido a uma comédia. Sentia-me alegre e bem. Estava rindo. A imperatriz estava ao meu lado. Acompanhavam-me também minha filha Isabel e meu neto Pedro Augusto. Percebemos de repente um forte tumulto do lado de fora. Algum movimento republicano, parecia. Guardas nos cercam e somos conduzidos rapidamente para a carruagem. Saímos rapidamente. De repente, sinto um impacto. Começo a sangrar. Uma dor aguda toma o meu peito. Ouço gritos de desespero. Tento arfar o peito. Forço a respiração, que me falta. Entro em agonia. Há pânico à minha volta. Todos gritam. A escuridão chega, e com ela um silêncio. O soturno silêncio da minha morte.

VIIII

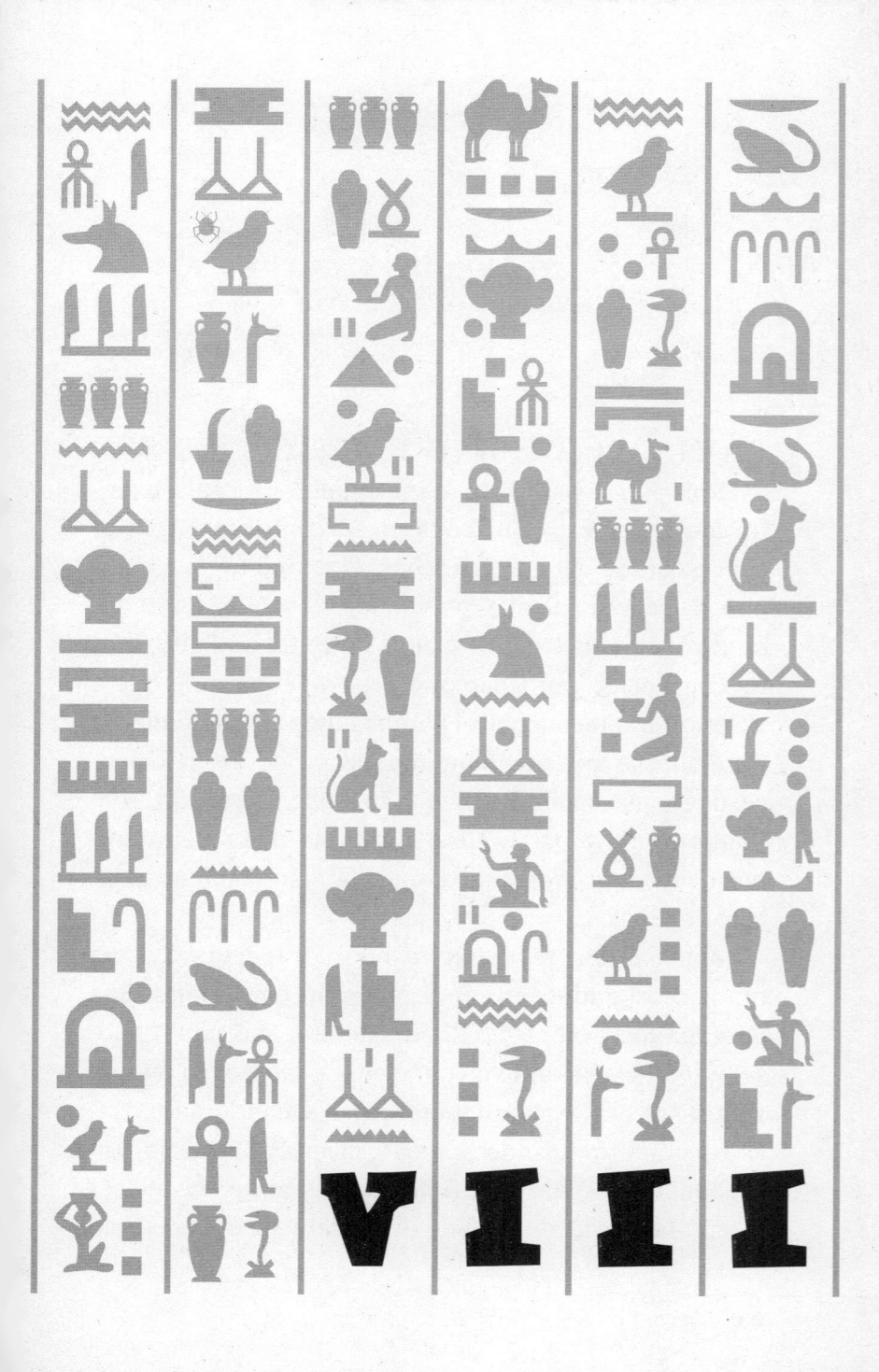

## PARIS, 26 DE NOVEMBRO DE 1891

    Dois dias se passaram desde aquele inusitado encontro com a morte, e eu não mais tivera como me encontrar com o coronel Albert de Rochas. O tempo urgia e havia muito a ser visto. Sentia, porém, minha saúde se deteriorando aos poucos. Tinha planos de voltar ao Egito, mas fui convencido por Charcot e Brown-Séquard de que a viagem seria inconcebível naquele meu estado. Embora necessitasse urgentemente me afastar do frio parisiense, o repouso era imperativo. Não tendo saída, parti com minha comitiva para a Côte d'Azur, na costa mediterrânea da França, onde minha mana Januária tem um palacete de férias.
    Ainda que a temperatura não ultrapassasse os 13 graus centígrados, eu me sentia bem em Cannes. Sua enseada me lembrava o Rio de Janeiro. Mas não repousei muito. Havia tanto a conhecer... e tão pouco tempo! Visitei Antibes, Nice e Monte Carlo. Quando não, ficava no hotel traduzindo poemas, fazendo sauna, jogando bilhar, tomando chá. Assim se passaram seis meses e, com exceção de Isabel, que ficara na regência do

império no Brasil, tivemos ali um pacato e tranquilo natal e Réveillon.

Não podendo ir ao Egito, resolvi visitar a Itália na primavera. Em Florença, estive com meu protegido Pedro Américo. Que grande talento! Em Milão, encontrei-me com Carlos Gomes e assisti à ópera Carmosina, de João Gomes de Araújo. Outro de meus pensionistas. E foi aí que minha saúde começou a piorar.

A febre começou no dia 4 de maio, e se tornou cada vez mais alta. Tinha delírios. Nos dias 9 e 10 não pude mais sair do hotel. Meu médico particular, o visconde de Mota Maia, ficou ao meu lado, medicando-me como pôde. Sentia seu desespero. Mandou chamar Charcot. Enquanto o meu bom doutor não chegava, vieram outros me assistir, os médicos italianos Mariano Semolla e De Giovanni, que confirmaram o diagnóstico de Mota Maia: eu estava numa crise aguda de pleurite seca. E, com efeito, meu pulmão queimava por dentro. O sofrimento por não conseguir respirar direito me levou a considerar estar às portas da morte. Minhas suspeitas se tornaram ainda maiores no dia seguinte. O quadro se agravou tanto que fui surpreendido com a chegada de um padre no meu quarto. Vinha dar a extrema-unção. Era o dia 11 de maio de 1888. Abismado, e com a mente ainda mais aguçada pelo sofrimento, tive um déjà-vu. Lembrei-me imediatamente do que tinha visualizado no transe hipnótico. Era a mesma cena. Incrível! Ali estava uma prova da teoria de Albert de Rochas. Depois que me vi tomado por aquela sensação de surpresa e incredulidade, veio a tranquilização, com a consciência de que aquele não seria o momento da minha morte.

Pois essa certeza fez milagre. Minha saúde começou a melhorar, ainda antes da chegada de Charcot, e teve um salto dias depois, quando tomei conhecimento da formidável notícia de que no dia 13 de maio minha filha Isabel tinha finalmente assinado a lei que pôs fim à escravidão no Brasil. Graças a Deus! Que grande país aquele! E que grande gente!

No dia 22 de maio entrei novamente em agonia. Vi retornar a febre alta, com respiração ofegante. Apareceram manchas roxas por todo o meu corpo. Senti tremores e acometeu-me forte inchação nos olhos. Cheguei a desfalecer. O diagnóstico foi paralisia bulbar. Aplicaram-me injeções de éter sulfúrico e cafeína. Reagi bem. Charcot, que após minha breve recuperação fora ter com outros compromissos médicos, retomou seus cuidados a mim, e decidiu que eu deveria partir para Aix-les-Bains, uma estância termal da França, assegurando-me de que a quentura daquelas águas me faria milagre. Disse-me ele que a causa principal daquela crise de saúde eram os abusos das faculdades intelectuais e as fadigas corporais, abusos a que me entregara durante toda a minha vida, mas principalmente durante aquela viagem à Europa. Questiono-me agora se tudo não fora fruto da estressante experiência magnética a que me submetera.

Fui levado para Aix-les-Bains em uma padiola, e ali permaneci por dois meses, somente repousando. Recebi muitas boas visitas, inclusive a do novo presidente da França, M. Sadi Carnot, que também buscava tratamento para seus males. Quando meu estado de saúde melhorou, ordenei que fosse preparado meu retorno ao Brasil. Estava convencido de que o clima quente da minha terra me faria melhorar a saúde. Partimos dias depois. Despedi-me de Charcot, esse bom homem que tem cuidado de mim com devoção sem par, e também de grandes amigos que ficaram na Europa. A viagem no vapor Congo me encheu de alegria e conforto. Finalmente voltava para minha casa, para o meu amado Brasil.

# IX

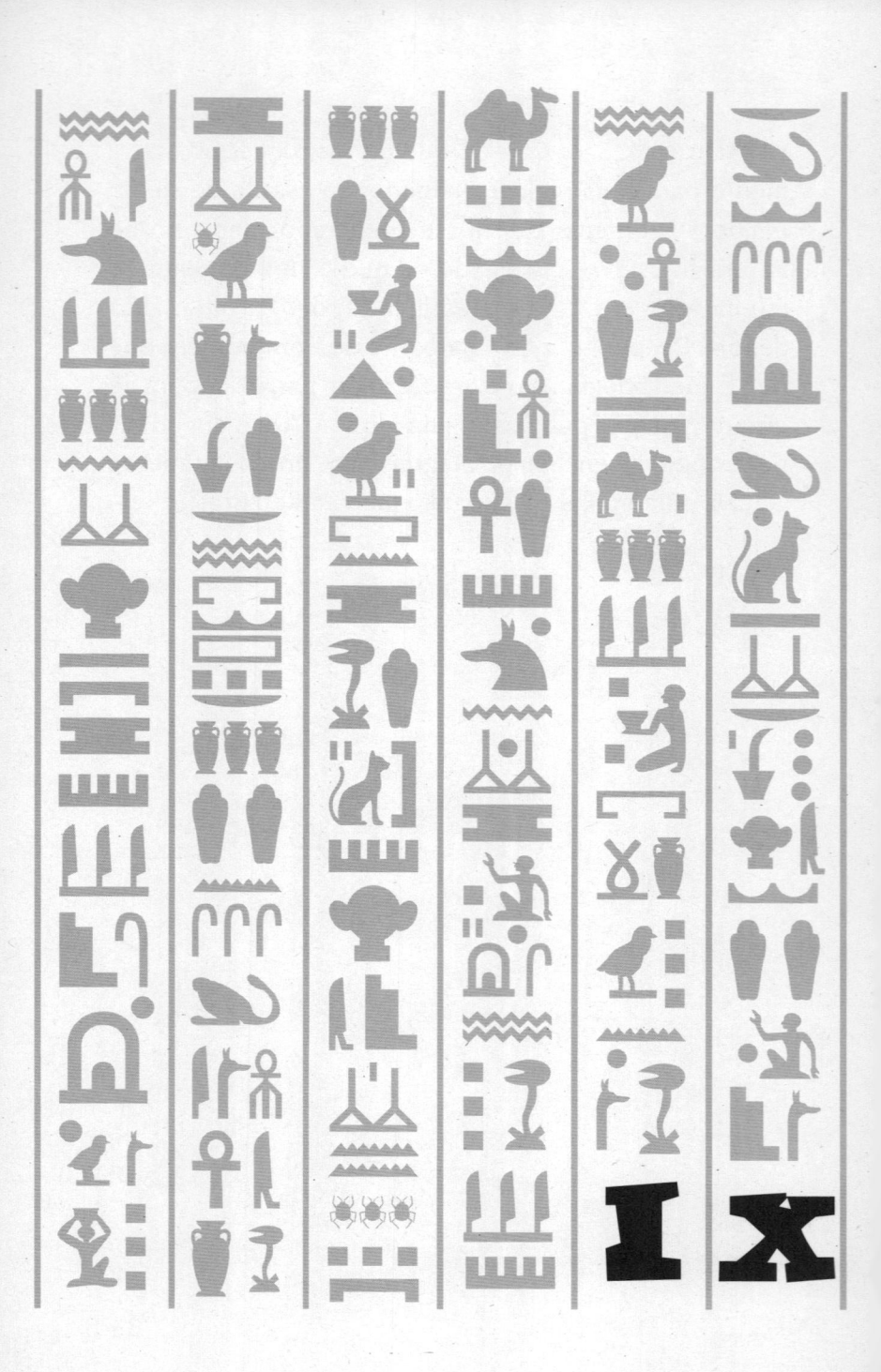

## PARIS, 27 DE NOVEMBRO DE 1891

A bordo do vapor Congo, fiquei a meditar sobre todas aquelas estranhas coisas que vivi na Europa. Estava me convencendo de que, afinal de contas, as experiências do coronel Albert de Rochas não eram meros devaneios de alguma mente alienada. A incrível realidade com que a cena vista em hipnose se repetiu não me deixa dúvidas quanto ao fato de que devo considerar seriamente a informação privilegiada que obtive naquele maravilhoso estado de letargia profunda: a ocasião da minha morte.

Sei que algum dia viverei o angustioso momento da partida para o outro mundo. Isso é fato, e ninguém até hoje conseguiu a façanha de enganar a morte. Mas nada é tão terrível quanto uma morte violenta e inesperada. Antes convalescer, definhando aos poucos, sabendo da proximidade da despedida deste mundo, do que partir de chofre, sem a consoladora despedida dos familiares e amigos, sem poder deles sentir o olhar de carinho e mesmo pesar. É mais natural e humano partir desse jeito. O rompimento brusco com essa vida é um trauma que não pretendo reviver. Nada me causou maior sofrimento do que sentir a realidade, embora parecida ilusória naquele instante, da morte se materializando diante de mim, inesperada e inevitável, vindo a passos ao mesmo tempo rápidos e lentos, posto que uma eternidade parece ter o instante da morte. E daí, mais uma vez, querer eu não repetir aquela experiência terrível da morte violenta.

Maior temor tomou-me a mente quando constatei que realmente estivera no futuro, ao ver repetido com detalhes nítidos o extremo sacramento que me fora ministrado naquele hotel em Milão. A morte violenta me parecia, naquele instante sobre as águas calmas do Atlântico, desesperadoramente inevitável. E como seria complicado o esforço de tentar provar o contrário, de que podemos mudar nosso destino com algumas escolhas!

Arrependia-me de ter proposto ao coronel Rochas tal experiência. Relembrava, naquele momento, as sensatas advertências que ele me fizera antes do transe, de que essa revelação poderia mudar o resto da minha vida. Mas, cético que era na ocasião, e crente de que as supostas cenas do passado e do futuro reveladas na sessão de hipnose da jovem seriam certamente produto da criação de uma mente histérica ou mui imaginativa, insisti na minha tresloucada ideia. E agora estava ali, precisando agir para tentar evitar aquela morte terrível.

Foi ainda sob o tormento desses pensamentos que aportei no Rio de Janeiro, naquele início de tarde do dia 22 de agosto de 1888.

Chegando à corte, após as reconfortantes manifestações de acolhimento e boas-vindas do meu povo, as preocupações do governo imperial de repente caíram sobre minhas costas já arqueadas, e por algum tempo esqueci-me da inusitada experiência em Paris.

Preocupava-me, naqueles últimos meses de 1888, com o futuro do império. Estava ciente da proximidade de minha morte, e dei-me conta de que não cuidara da minha sucessão. Tinha caído no erro de achar-me imortal e insubstituível. Vã vaidade humana que torna o homem prisioneiro de si mesmo. A consciência dessa falha acometera-me ainda na viagem de retorno.

A calorosa e afável recepção que tivemos no porto do Rio de Janeiro passou-me a ilusão de que tudo estava bem, de que o império sobreviveria à minha morte. Mas, como eu disse, tudo era ilusão. Forças trabalhavam já para a implementação da república. Reitero que sempre fui simpático à república. É o produto da natural evolução da política, e até aceitaria o cargo de presidente do Brasil, se me tivessem proposto isso. Contudo, não podia trair a tradição familiar, e via-me afundado na indecisão quanto a repassar o império para minha filha Isabel ou para o meu estimado neto Pedro Augusto. E assim os dias se passavam.

Foi numa certa noite, quando nem mais me lembrava, que o tema da precognição de minha morte voltou com força a ocupar espaço na minha cabeça preocupada. Estava dormindo e tive um pesadelo revivendo a cena na saída do teatro. Despertei sobressaltado, com o coração aos pulos. Apavorado, dei-me conta do quanto fora descuidado, posto que havia já me arriscado pelo menos duas vezes nesses espetáculos teatrais após o meu retorno, sem a mínima lembrança da experiência em Paris. Consequências da velhice precoce sobre minha memória? Artimanhas do destino? Fato é que o instinto de autopreservação que parece existir em todo ser humano de repente resolveu alertar-me quanto ao meu perigoso esquecimento.

Nem bem amanheceu aquele dia 2 de junho de 1889, mandei chamar no meu escritório o ministro de gabinete João Alfredo de Oliveira. Tinha sido ele nomeado para tal encargo cerca de um ano antes, com o fim precípuo de preparar o ambiente político para a libertação dos escravos. Ele entrou na sala apreensivo, pois não era usual uma convocação em hora tão precoce do dia, e ficou surpreso com o assunto que lhe expus ao exigir absoluto sigilo.

"Tenho sérios motivos para crer que muito em breve sofrerei um atentado a bala", disse-lhe. João Alfredo olhou-me espantado.

"Se me permite a pergunta, Majestade, por que acredita nisso? Como descobriu tal coisa absurda?"

"Não posso revelar como fiquei sabendo. Mas é coisa certa, e preciso me precaver. Há um plano em andamento para minha execução."

"Seriam os republicanos?"

"Não sei. Pode ser. Preciso que o senhor me garanta uma melhor segurança. E deve infiltrar homens de confiança no meio do povo. Temo que tentem consumar o assassinato num evento público, com muita gente."

João Alfredo ficou pensativo. Por fim falou: "Ouvi rumores sobre preparativos de um cortejo para o aniversário de cem anos da Revolução Francesa. O senhor não deve se expor nessa data. Será no dia 14 de julho".

"Certamente será perigoso para mim, e não sairei do palácio. Mas insisto em providências mais efetivas para minha segurança", eu disse.

"A Guarda Negra..."

"O que disse?", perguntei.

"A Guarda Negra pode ser a solução", ele respondeu.

"Certamente o senhor está a par do movimento. É coisa daquele jornalista abolicionista, o José do Patrocínio. É um grupo de negros ex-cativos. Capoeiras. Se dizem criados para defender sua redentora, a princesa Isabel. São fiéis à monarquia, desde a abolição. Idolatram a Princesa. São remanescentes de uma sociedade secreta: a Sociedade Recreativa Habitante da Lua. Nagoas,* na maioria. Letrados e inteligentes, alguns. Muito leais, e em uns poucos que conheço pessoalmente se pode confiar. E com vantagem: podem passar despercebidos no meio do povo. Como invisíveis."

"Não simpatizo com as ações dessa tal Guarda Negra. São perigosos e violentos demais. Só causam problemas à ordem. Rui Barbosa e Silva Jardim vivem propagando em seus jornais que eles são um instrumento de repressão do Estado Imperial para impedir o advento

---

\* Célebre malta de capoeiras no Rio de Janeiro na época da Proclamação da República. (N.E.)

da república, o que, sabemos, não é verdade. Usar os préstimos de tal organização paramilitar seria como se admitíssemos responsabilidade do império na sua constituição e manutenção", eu disse.

"Vossa Majestade não tem com o que se preocupar", ele garantiu. "Como disse, conheço um pequeno grupo de integrantes. São muito leais e instruídos. Certamente atenderão a um pedido meu, e com toda a discrição que não obteríamos dentre os membros da Guarda Nacional. Sabemos que alguns oficiais e praças dessa corporação estão envolvidos com o movimento republicano. Alguns de forma declarada; outros, à surdina, temendo represálias. Infelizmente, estamos a ponto de não poder confiar a nenhum membro da força oficial uma missão secreta tão especial como esta."

João Alfredo convenceu-me. Apesar dos riscos envolvidos, não era má a ideia de contar com agentes invisíveis infiltrados no meio do povo, atentos a qualquer movimento suspeito.

Dois dias depois me comunicou ter feito uma reunião com Clarindo de Almeida, indivíduo que de fato comandava a Guarda Negra. Passou-lhe a orientação de colocar seus melhores e mais confiáveis homens disfarçados de andarilhos, mendigos e vendedores ambulantes em todos os lugares nos quais estaria prevista a presença pública do imperador e sua família. Deviam ficar atentos a qualquer perigo que pudesse ameaçar a minha vida.

Não mantive compromissos públicos nos dias seguintes.

No dia 7 de junho de 1889, por necessidade política, houve troca do gabinete. Assumiu a condição de chefe do ministério o visconde de Ouro Preto, em substituição a João Alfredo, que, em conversa particular após a cerimônia de troca de cargo, comprometeu-se em cuidar pessoalmente da minha segurança secreta acompanhando de perto as ações da Guarda Negra, uma vez agora desobrigado das altas funções da chefia do ministério. Na primeira reunião com o novo ministério, exigi do ministro da Justiça, o Sr. Cândido Luiz Maria de Oliveira, cuidado especial na minha segurança pessoal, tendo em vista a onda de manifestações republicanas que procuravam desestabilizar o império.

No dia 14 de julho houve um grande caos. Durante o movimento republicano em comemoração à Revolução Francesa e à queda da Bastilha, uma passeata saiu da Escola Politécnica da Faculdade de Medicina, e a Guarda Negra, que naqueles últimos meses parecia ter abraçado a causa de provocar badernas nos eventos republicanos, agiu sem medida. Ação violenta e descontrolada. Violência em excesso. No meu íntimo, temi que a missão secreta confiada a José Alfredo tivesse sido revelada de alguma forma, saindo do conhecimento dos poucos homens escolhidos.

Tranquilizei-me um pouco ao saber pela imprensa que a baderna fora praticada pelos membros apoiadores do partido conservador contra os republicanos, saindo do controle de Clarindo de Almeida. Tratava-se de reação ideológica. Violenta e reprovável, mas ideológica.

Nada tinha com a defesa de minha pessoa. Lamentável, porque muitos saíram feridos, inclusive pessoas pacatas que estavam apenas a observar a comemoração republicana. Houve pronta repressão policial e muitos foram presos. Naquele instante questionei-me: estaria em risco o meu plano de defesa? Teriam sido presas as pessoas escaladas para minha segurança secreta? Convoquei João Alfredo imediatamente, que manifestou a impossibilidade de se certificar da informação naquele momento sem despertar suspeitas, dizendo ainda que não seria de bom tom libertar os arruaceiros, pois pareceria aos olhos da imprensa e da população que a ação violenta realmente tivera o apoio do governo imperial, o que poderia ocasionar consequências graves e imprevisíveis. Aceitei os argumentos sensatos do ex-ministro, e permaneci numa angustiante incerteza.

Na manhã seguinte, dia 15 de julho, a cidade estava tomada pela ressaca das ocorrências violentas da noite anterior. A imprensa foi implacável com os infaustos da Guarda Negra. Somente José do Patrocínio publicou artigo afirmando que a violência era fruto da má influência dos negros republicanos que estimulara os membros da Guarda Negra a desferir todo o ódio pelos escravistas nos comícios republicanos. Tentava acusar os negros republicanos de promover atos violentos para caluniar o grupo que era pacífico. O policiamento nas ruas foi reforçado; mas o dia iniciou tranquilo. Apesar disso, acordara eu de sobressalto naquela madrugada, perdendo o sono até o raiar do dia, com uma sensação desagradável, uma angústia que parecia querer esmagar o meu peito.

    Logo cedo recebi uma estimada visita que me proporcionou, em princípio, bem-vinda distração. Tratava-se do Sr. Pedro Ferreira de Oliveira Amorim, o proprietário do Theatro Sant'Anna, por quem tenho especial apreço, pois, amante que é da dramaturgia, não perde a oportunidade de acolher em sua casa espetáculos de gosto artístico indiscutível. Recebi-o com satisfação. Conversamos longamente, e num dado momento entregou-me um convite especial para a estreia de uma nova montagem teatral. Tratava-se da tradução em versos, feita por Artur Azevedo, da engraçadíssima comédia "Escola dos Maridos", obra do grande dramaturgo francês Molière, uma peça em três atos cuja temática era zombar dos costumes da sociedade cortesã parisiense. No intervalo haveria apresentação da talentosa violonista Giulietta Dionesi. Insistiu na minha presença, como forma de prestigiar e honrar sua casa e o trabalho do tradutor brasileiro, que disse ter sido árduo e penoso. E, com efeito, não devia ter sido nada fácil traduzir o Molière, ainda mais em versos.

    Disse-lhe que não me sentia tão disposto naquele dia, pois minha saúde estivera abalada nos últimos meses. Ele insistiu dizendo que a leveza do espetáculo me faria muito bem, ainda mais com a massagem n'alma produzida pelos sons divinos do violino de Giulietta Dionesi. Falei, então, do meu temor em sair da Quinta da Boa Vista após os incidentes violentos da noite anterior, ao que ele rebateu afirmando que as ruas estavam seguras e os arruaceiros detidos, servindo de exemplo para tantos quantos viessem a tentar provocar novas confusões. Ademais, disse ele, não haveria razão para que eu me resguardasse. Sempre tivera contato direto com o povo nas ruas, era mui querido por todos, e sempre comparecera aos espetáculos públicos, inclusive naqueles últimos dias, sem que tivesse enfrentado qualquer perigo.

No calor da conversa, e sendo o Sr. Pedro Amorim mui persuasivo, após mais uma vez implorar argumentando que minha "augusta presença" conferiria o prestígio de que necessitava para o espetáculo e abriria as portas para a corte e a sociedade carioca, e que, ao contrário, minha ausência significaria, aos olhos do povo, a desaprovação imperial daquele trabalho, gerando dissabores e prejuízos, surpreendi-me ao prometer ir ao espetáculo com a família imperial.

Com os eufóricos passos do visitante se afastando, senti um calafrio. Pesava sobre mim o dever da palavra empenhada pelo imperador, que não podia voltar atrás. Enfim, tudo estava misteriosamente a indicar que as forças do destino me conduziriam ao trágico episódio vislumbrado.

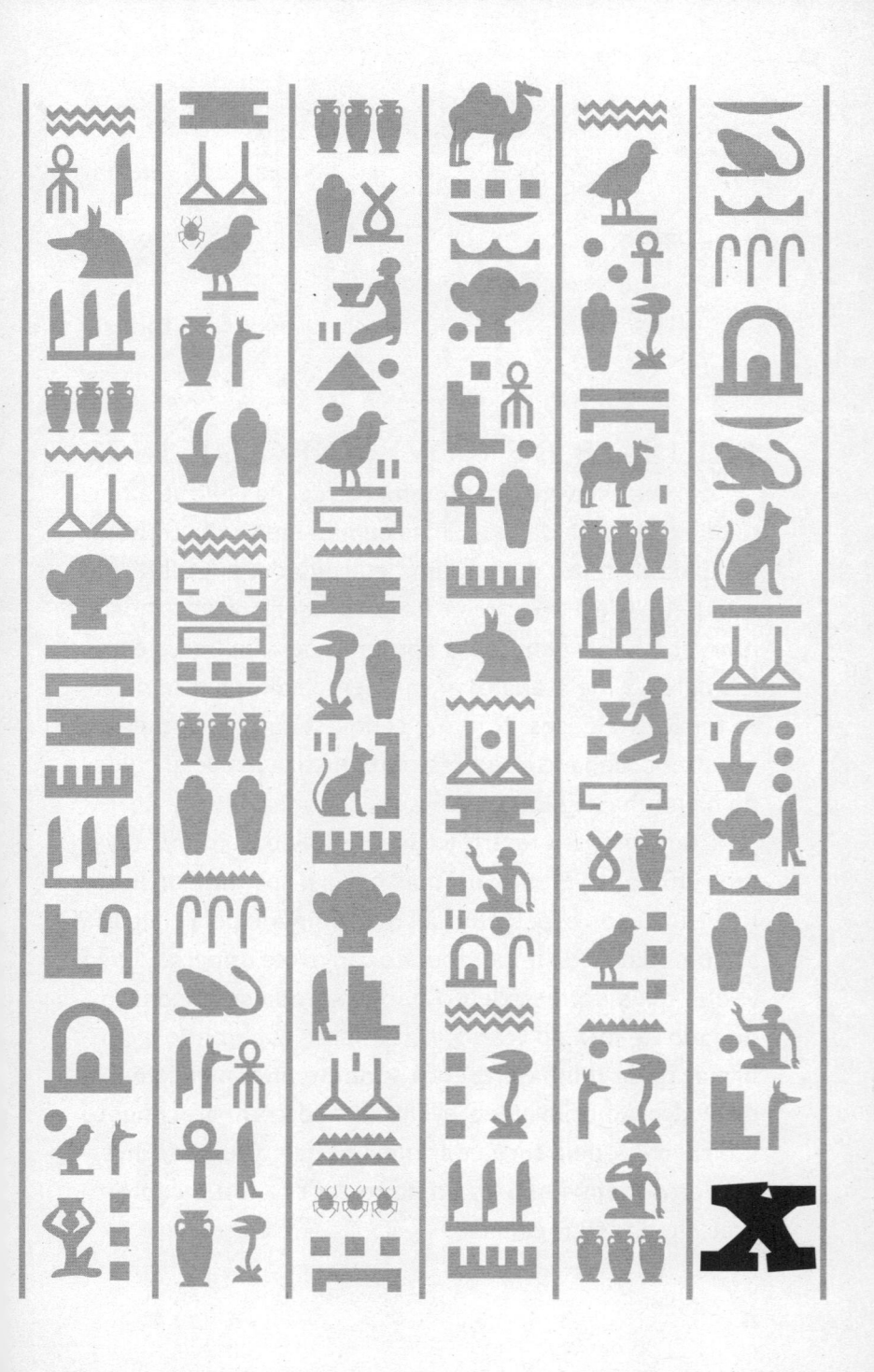

## PARIS, 28 DE NOVEMBRO DE 1891

As ruas estavam aparentemente calmas naquela noite de 15 de julho de 1888, mas eu não me sentia tranquilo. Cada instante durava uma eternidade, e lembro-me que permaneci à espreita na carruagem observando o itinerário sob a penumbra dos lampiões. De becos escuros parecia-me a qualquer momento saltar sobre o carro terríveis algozes. Não me sentia seguro nem mesmo após ter ordenado ao ministro da Justiça especial cuidado na minha segurança por aquela noite.

Chegamos ao teatro pouco depois das 19h. Estávamos um pouco atrasados, mas havia o costume do horário de início do espetáculo ser determinado pela chegada e acomodação do imperador no camarote imperial. Logo vi que mais da metade do público ainda se encontrava do lado de fora do teatro, certamente esperando a confirmação da minha presença. Compreendi a insistência de Pedro Amorim. Meu eventual não comparecimento faria toda aquela turba dar meia-volta e procurar divertimentos menos nobres na noite carioca, ou o conforto gratuito das suas camas.

A carruagem parou em frente ao Teatro Sant'Anna, localizado numa esquina defronte à praça da Constituição. Sua entrada se dava através de um amplo corredor da rua do Espírito Santo. Não tinha fachada para a rua, e o prédio, discreto e aconchegante, ficava aos fundos do Hotel Richelieu, cuja fachada se voltava, por sua vez, para o largo do Rocio. O teatro fica em frente a um largo pátio cimentado, defendido por um gradil de ferro.

Entramos rapidamente. No curto percurso da carruagem para a porta de entrada, percebi a atuação não usual e cuidadosa de um grupamento da Guarda Nacional, que se fechou em um estreito corredor humano. Parecia, afinal, que o Sr. Cândido de Oliveira realmente tomara as precauções necessárias para o incremento da minha segurança na ocasião.

Agradava-me o Teatro Sant'Anna, nome dado, aliás, pelo seu dono em homenagem à esposa quando o adquiriu no ano 1880. Antes o local se chamava Theatro Casino Franco-Brésilien, e fora constituído ainda nos idos de 1872 com a finalidade de exibir números de café-concerto, com predominância de artistas franceses. Com sua aquisição por Pedro Amorim, passou-se a ali representar também espetáculos nacionais.

Aberta pelos lados sobre o jardim que a cercava, a sala de espetáculos era fresca e agradável, mormente nas noites quentes do Rio de Janeiro. Por sobre a plateia corria uma galeria única, em cujas extremidades se formavam os camarotes. Era campestre e tinha um camarote imperial, além de mais de uma dezena de camarotes de primeira classe. Comportava mais de quatrocentas pessoas, entre camarotes, galerias e plateia, e naquela noite ficou lotado.

Apesar da minha apreensão, que por vezes fazia-me fitar preocupado o infinito, perdendo partes inteiras do espetáculo, consegui distrair-me um pouco. A trama de Moliére era leve e divertida, porém ácida em sua crítica. Eis o que dela ainda me recordo: contra a vontade e as inúmeras advertências de seu irmão Ariste, Esganarello, um homem de idade já bastante madura, persiste na ideia de contrair matrimônio com uma sua pupila, Isabel, mulher muito mais jovem. Só que esta tem uma paixão pelo jovem Valère, que também a ama. Depois de algumas peripécias, com alguma astúcia de permeio, é Esganarello quem se queixa amargamente da situação, dizendo infeliz todo aquele que se fia numa mulher, um sexo feito para enganar todo mundo.

Também não consegui de todo me concentrar no maravilhoso concerto de violino. Ao contrário, a melodiosa música da senhorita Giulietta Dionesi pareceu elevar o meu grau de apreensão. A toda hora vinha em minha mente, com cores vivas e assustadoras, a cena de minha morte, que, a se confirmar a terrível precognição, deveria acontecer, tudo estava a indicar, dali a alguns instantes.

Desejei que o espetáculo se prolongasse muito mais. Torcia as mãos, que estavam trêmulas. A imperatriz, percebendo minha inquietação, segurou o meu braço e perguntou o que me afligia. Eu a tranquilizei sussurrando que era ansiedade em virtude de algumas importantes decisões que precisaria tomar na manhã seguinte.

Minutos depois o espetáculo se encerrava. Os aplausos repercutiram ecoando no meu agitado coração, que àquela altura queria sair pela boca. Permaneci sentado, enquanto todos se levantavam. Queria ganhar tempo, fugir de alguma forma do que estaria me aguardando lá fora. O burburinho do populacho se despedindo aos poucos do teatro me parecia rápido demais. Queria parar o tempo. Queria desaparecer dali sem ser visto. De repente senti o arrependimento de ter ido ao teatro. Às favas com o compromisso apalavrado! Deveria valer mais do que minha vida? Que Pedro Amorim tivesse todo o prejuízo do mundo!

Respirei fundo por três vezes procurando me controlar. Logo senti os resultados. Desliguei-me quase que inteiramente do pensamento obsessivo e finalmente me ergui da cadeira com certa dificuldade. Meu neto Pedro Augusto me auxiliou. O teatro já estava quase vazio. Andando devagar, seguimos pelo corredor da galeria, descendo a escada. Meus joelhos doíam mais do que o normal. Consequência da velhice precoce que me dominava. Seguimos os passos dos últimos a sair do teatro. Todos estavam rindo, animados e satisfeitos com a arte vista e ouvida.

Pedro Amorim veio ao meu encontro no corredor da saída. Estava feliz e sorridente. Fazia-se acompanhar pelo Artur Azevedo. O senhor Pedro agradeceu-me de forma até exagerada pela minha presença.

Cumprimentei Artur Azevedo pela excelente versão da "Escola dos maridos". Com efeito, obtivera pleno êxito ao traduzir em versos o primoroso texto de Moliére. Ele agradeceu com uma mesura. Após notar que Pedro Amorim se afastava, falou:

"Majestade, espero que não tenha esquecido o compromisso outrora assumido de construir um teatro público. Não sabe o quanto temos perdido da arrecadação para os donos dos teatros do Rio de Janeiro. Não sou ingrato. Agradeço ao senhor Pedro Amorim e todos como ele. Reconheço que, se não fosse a acolhida que nos é dada nesses ótimos ambientes, sequer teríamos um ganha-pão. Seriam dezenas de bons atores obrigados a apresentações em praça pública, correndo o chapéu como nos primórdios da colônia. Mas volto a dirigir tal pleito a Vossa Majestade, e o faço em nome de todos os meus colegas do ramo."

"Não me esqueci, senhor Artur", eu disse. "Deve saber que muito me apraz tal ideia. Já a havia discutido anos atrás com a senhora Sarah Bernhard durante sua passagem por aqui, e sei que tenho me demorado mais do que devia. Contudo, o senhor deve também compreender que esses últimos anos foram muito conturbados. Aguardo um momento de calmaria para tratar do assunto."

Esse momento jamais chegaria para mim.

Despedi-me de Artur Azevedo e seguimos em direção ao vestíbulo do teatro, onde havia deixado o guarda-chuva e o chapéu. Passamos no corredor por um grupo de pessoas, algumas conhecidas e da corte, que abriam caminho com cumprimentos. Reinava ali um respeitoso silêncio.

Porém, ao chegarmos no vestíbulo, que ficava logo junto à saída, ouviu-se do lado de fora do teatro, em meio à multidão que ali ainda se aglomerava, um forte grito: "Viva o partido republicano!".

Estaquei, atordoado. Começou, então, uma confusão extraordinária. Um grande número de pessoas passou a gritar vivas ao império, acercando-se de mim. Algumas senhoras e cavalheiros, tomados de pânico, tentaram voltar para o interior do teatro, mas eram empurrados de volta pela onda dos que saíam. O tumulto generalizou-se na rua do Espírito Santo, no largo do Rocio e nas cercanias do teatro. Vivas desencontrados se ouviram. Finalmente, pudemos sair do teatro.

De prontidão, logo na saída, membros da Guarda Nacional formaram um escudo de proteção e nos conduziram rapidamente até o cocho. Em dado momento tropecei e por muito pouco não fui ao chão. Amparou-me o meu neto. No meio do alvoroço finalmente nos encontramos seguros dentro do transporte imperial, que arrancou rapidamente do local, seguindo acompanhado do piquete, que o guardava de espadas desembainhadas.

Foi quando passávamos pela frente da Maison Moderne que ecoaram os tiros.

# XI

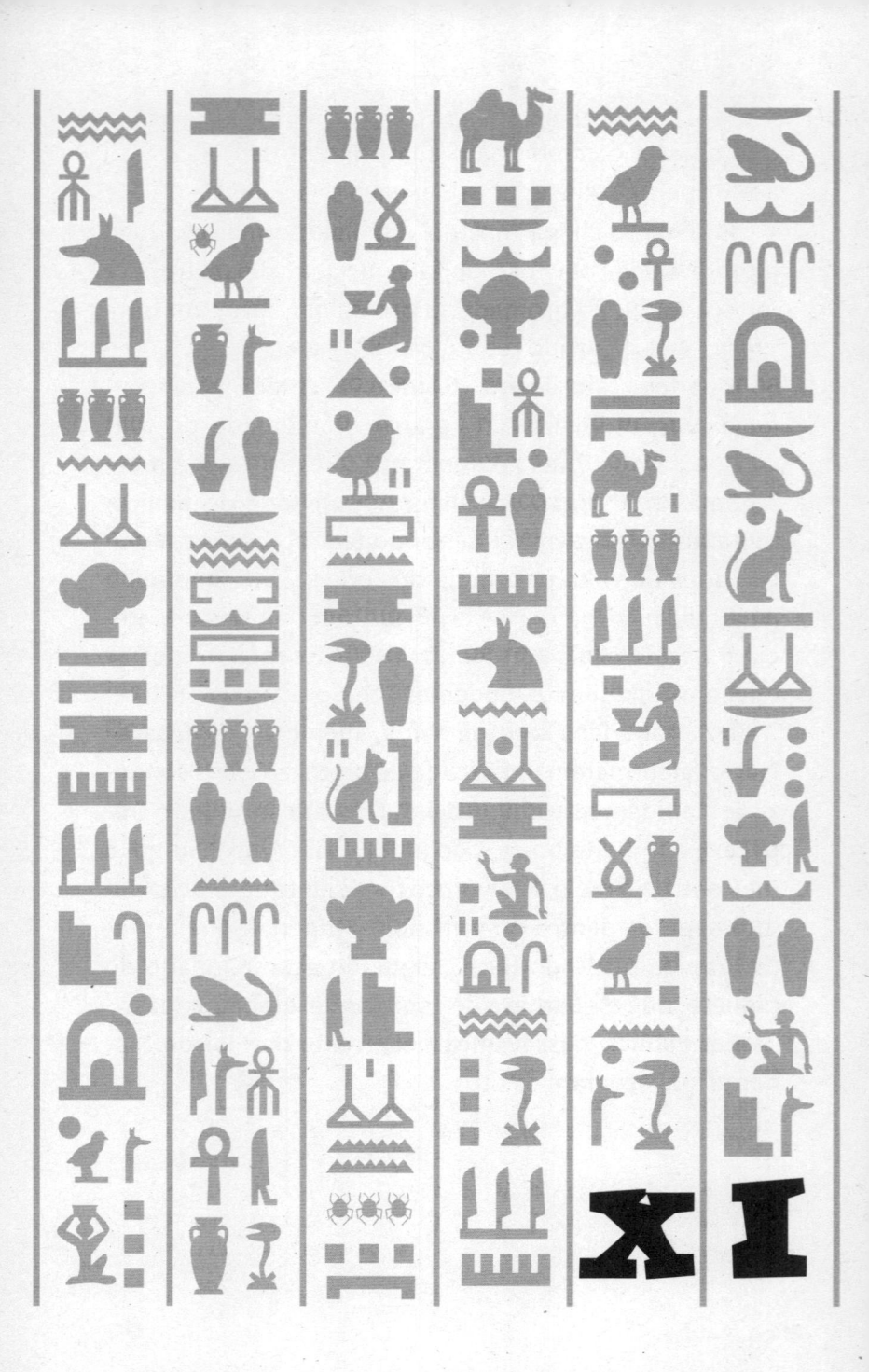

**O RELÓGIO JÁ MARCAVA** uma e sete da madrugada. Sobre a mesinha de centro do apartamento de Cristóvão Fernandes uma caixa arredondada guardava uma pizza portuguesa com bordas recheadas cuja cobertura de queijo já estava fria e endurecida. O cheiro delicioso havia muito se fora. A caixa sequer tinha sido aberta, e fora abandonada tão logo pontualmente entregue. Elise e Cristóvão não conseguiram se desgrudar da intrigante narrativa. Finalmente, já percebendo a dificuldade de Elise em continuar a leitura, o rapaz a interrompeu naquele ponto exato.

– Taí mais uma coisa que eu não sabia. Nunca tinha ouvido falar que D. Pedro II tivesse recebido tiros...

Elise olhou para o amigo. Sua expressão era de puro êxtase. Levantou-se do sofá com um salto.

– Isto aqui é incrível! Difícil de acreditar... – Ela volteava pela sala. – Especialmente para quem conhece um pouco de história. Não há registros do encontro de D. Pedro II com esse senhor Albert de Rochas, nem que tenha se submetido a alguma experiência com o hipnotismo.

E essa de procurar saber de antemão o momento da própria morte... É fantástico, Cris!

Ela parou e refletiu por alguns instantes.

— Eu já tinha lido algo sobre o atentado. Aconteceu de verdade. A informação não costuma estar nos livros de história que conhecemos. Mas há uma explicação para isso. O imperador não quis alarde sobre o fato. Chegou a ser noticiado brevemente pelos jornais da época, afinal se tratava de um atentado contra D. Pedro II, mas foi só. Todos acreditavam que era algum republicano maluco querendo imitar o assassino de Abraham Lincoln. Não deram maior relevância ao incidente.

— Foi mesmo noticiado nos jornais?

— Claro! E ainda hoje é possível encontrar algo na internet. Você quer ver?

— Antes, não acha melhor comer a pizza? Já está quase congelada...

— É verdade! Nós nos esquecemos completamente. Eu estava inteiramente absorvida pela narrativa. Nossa, como o tempo voou!

Cristóvão se levantou.

— Deixa que eu esquento um pouco no micro-ondas.

O rapaz foi rapidamente à cozinha. De lá veio o barulho monótono e constante do aparelho, como um longo gemido. Minutos depois, Elise devorava uma grande fatia de pizza. Cristóvão a observava, encantado.

— Você não vai comer? — a moça perguntou, com a boca cheia, mas sem perder a graça.

Ele riu.

– Não consigo parar de olhar você. E não tenho tido muito apetite ultimamente. Já faz alguns dias que quase não como nada.

Elise o olhou franzindo o cenho.

– Você está se sentindo bem?

– Estou sim. Não se preocupe. Já havia comido algo pouco antes de vocês chegarem – ele mentiu. A verdade era que ele próprio começara a se preocupar. Sempre fora bom de garfo, mas naquelas últimas três semanas tudo mudara. Mal conseguia olhar para um prato de comida. Perdera mais de cinco quilos, e tinha agendado exames para a segunda-feira seguinte. Temia que fosse gastrite ou mesmo uma úlcera no estômago. Achava que era decorrente do estresse e do acúmulo de trabalho a que se entregara há dois meses, quando iniciou o serviço de restauração das peças antigas, sob pressão imensa de ter de terminar tudo antes do grande evento. Havia varado noites e, perfeccionista como era, rejeitara qualquer ajuda.

Ensaiou comer uma pequena fatia da pizza, que pareceu descer rasgando goela abaixo. Sentiu um leve desconforto abdominal. Levantou-se, foi até o banheiro e se automedicou. Retornou à sala. Elise parara de comer e sorria de satisfação, limpando os lábios com a língua. Tinha devorado mais da metade da grande pizza.

– Acho que comi demais. Vamos dar um tempo na leitura. Você está com sono?

– Não.

– Então, enquanto isso, que tal algumas pesquisas na internet? Estou doida para saber mais sobre esse tal de Albert de Rochas.

– E eu, sobre o atentado. Vamos lá!

Foram ao estúdio. Cristóvão ligou o computador. A tela enorme de 32 polegadas do monitor se acendeu e rapidamente o sistema foi carregado.

Pesquisaram no Google o nome de Albert de Rochas. A Wikipédia mostrou a fotografia em preto e branco de Eugène Auguste Albert de Rochas d'Aiglun, um militar cheio de condecorações, com um curioso bigode de pontas reviradas e uma barbicha no queixo. Ficaram sabendo que ele escrevera uma vasta obra. Foram muitos livros e artigos sobre os estados da hipnose, a projeção e o desdobramento do corpo astral, levitação, teletransporte, exteriorização da sensibilidade corporal, além de vivências em outras vidas. Seus estudos acabaram por servir de fundamento para uma doutrina religiosa que surgia naquele final do século XIX: a doutrina espírita. Considerava-se um cientista avesso à religião, e por isso suas obras e experiências foram muito respeitadas na comunidade científica da época. Deixou registradas várias experiências de retorno a vidas passadas através da hipnose, e foi o pioneiro nas viagens de progressão no tempo também pela hipnose.

– Muito interessantes aquelas teorias sobre a ausência do tempo linear, não acha, Elise? São coisas que somente agora, com a física quântica, se está cogitando.

E eles falaram sobre isso ainda no final do século XIX. Incrível!

– Eu estou muito impressionada, mas não surpreendida. Embora não haja registros de que o nosso imperador tenha se aventurado por tais ideias, ele sempre foi um curioso da ciência. Tudo lhe atraía a atenção.

Em seguida foram pesquisar sobre o atentado contra a vida de D. Pedro II. Curiosamente, encontraram facilmente várias notícias retratadas em alguns periódicos da época. Havia até charges e desenhos. Cristóvão selecionou três das notícias, destacou-as e as copiou numa página do editor de textos, salvando o arquivo. Elas diziam, nestes exatos termos (sic):

> "Ontem à noite quando terminava o espetáculo no teatro Sant'Anna quando SS. Magestades Imperiais, SA. Princesa e SA. o Príncipe D. Pedro Augusto se dirigiam para o carro, um pequeno grupo de desordeiros levantou vivas à República. Travou-se então um conflito que pouco durou pois foi abafado pela intervenção do público sensato que também se retirava do teatro.
>
> Quando o coche imperial seguia para a praça da Constituição, um indivíduo teve a leviandade de disparar um revólver evadindo-se em seguida para um estabelecimento próximo.
>
> Pouco depois, porém, foi preso pelo povo um homem que se supõe ser o autor do atentado. À hora em que escrevemos esta ele sendo interrogado na 1a estação policial."
>
> Diário do Commércio, 16 de julho de 1889.

"Causou a mais viva impressão a notícia da deplorável ocorrência de ontem à noite, às portas do teatro Sant'Anna e suas circumvizinhanças.

Um grupo, quando o Imperador saía do teatro em companhia de sua augusta família, levantou vivas à República, o que produziu a maior confusão no povo, que em desafronta de Sua Magestade levantou vivas ao Imperador.

Sua Magestade embarcou em seguida no seu coche, que partiu a trote largo, e afirmam várias pessoas que, no momento de passar aquele por defronte da Maison Moderne, ou Stat-Coblentz, ouviu-se a detonação de um tiro."

**Cidade do Rio, 16 de julho de 1889.**

"Ontem, quando se retirava do teatro Sant'Anna, terminado o espetáculo, foi sua magestade obrigada a parar à porta de saída.

Grande multidão de indivíduos achava ali postada e dentre ela partiu um grito sedicioso. Sua Magestade parou e no mesmo instante viu-se cercado por todos tantos o acompanhavam.

Ao passar o carro em frente à Maison Moderne, ouviu-se a detonação de alguns tiros. Fácil é de imaginar-se o tumulto produzido por este fato.

O piquete de cavalaria, que guardava a carruagem imperial, marchou em disparada, acompanhando-a pela rua da Carioca, por ter o cocheiro fastigado os animais, afastando-os do lugar tumultuoso.

A polícia compareceu imediatamente e foram dadas várias ordens para conhecer-se qual o autor do atentado, até então desconhecido."

**Gazeta da Tarde, 16 de julho de 1889.**

Segundo ainda outras informações colhidas na internet, ninguém chegou a ser condenado pelo atentado. Um suspeito permaneceu preso por algum tempo, mas foi absolvido logo após a Proclamação da República. Na época, tudo levava a crer que se tratara realmente de um ato tresloucado de algum maluco, sem vinculação direta com o movimento republicano, embora tenha parecido bastante estranha a absolvição do suspeito que fora preso tão logo proclamada a república brasileira, como se não mais interessasse ao Estado punir quem agira contra o imperador do antigo regime, ou como se realmente quisessem as autoridades simplesmente virar a página e lançar uma pá de cal sobre o assunto. Todas aquelas circunstâncias pareceram estranhas e misteriosas aos dois animados pesquisadores, e os deixaram ainda mais curiosos para seguirem a narrativa das memórias do imperador. Talvez ali estivesse a resposta para aquele mistério que permanece até hoje: quem atirou contra D. Pedro, e por qual razão o fizera.

Elise lembrou que D. Pedro II era muito respeitado em todos os países do mundo civilizado daquela época, e até mesmo pelos ditadores da América espanhola. Da guerra do Paraguai não restou quem desejasse alguma vingança, e o povo brasileiro lhe queria bem. Até mesmo o marechal Deodoro da Fonseca, que, segundo os livros de história, proclamou a república e derrubou o regime monárquico, era um grande admirador do monarca. Resistira o quanto pudera à ideia de depor e deportar o velho rei, o que somente veio a fazer em razão da enorme pressão que sofrera por parte dos militares e demais idealizadores do fatídico movimento de 15 de novembro.

— Vamos à leitura? Agora é sua vez.

Mas Cristóvão, percebendo que Elise demonstrava sutis sinais de cansaço, a convenceu de que era muito tarde — na verdade, já passava das duas horas da madrugada. Seus olhos doíam e seria bom se os dois dormissem um pouco. Poderiam continuar na manhã seguinte. Sob protestos não muito veementes da garota, ele foi até o quarto e trocou os lençóis da cama.

— Está pronta para você — disse, por fim. — Fica aqui, Elise. Eu me viro no sofá.

Ela não argumentou mais. Estava realmente cansada.

— Posso tomar um banho?

— Claro. Fique à vontade. Há toalhas limpas aqui — disse, apontando para um velho baú do século XVIII revestido em couro curtido e cravejado de percevejos de latão, ao pé da cama.

Ele ajeitou-se no sofá e, enquanto ouvia o som reconfortante do chuveiro, imaginou o corpo da garota sendo acariciado pela água morna.

Não demorou muito e mergulhou num sono agitado.

👑 👑 👑

O sol já invadia a sala pela porta de vidro quando Cristóvão sentou-se no sofá, esfregando os olhos. Levantou-se ainda meio tonto e seguiu para o banheiro social. Passando pelo seu quarto, notou a porta entreaberta. Não pôde evitar uma olhadela, que se perpetuou indefinidamente. Elise estava deitada, dormindo na penumbra, meio de bruços. O lençol subira um pouco e deixava ver uma parte da coxa morena e da nádega saliente. Os olhos do rapaz se fixaram na delicada dobra que unia as duas partes voluptuosas da garota, e sentiu um arrepio pelo corpo.

Ela se mexeu, mudando de posição. Num sobressalto, temendo ser descoberto, ele se apressou em sair dali.

Ainda tomado pela emoção daquele instante especial, Cristóvão mergulhou sob o chuveiro num banho demorado e relaxante. A água escorria por seu corpo e ele se sentia incrivelmente feliz. Parecia estar carregado de eletricidade. Após algum tempo, saiu do banho, enxugou-se rapidamente, vestiu uma roupa confortável e seguiu para a cozinha.

Estava distraído preparando o café da manhã, os pensamentos ainda na linda cena que avistara há pouco, quando se sentiu abraçado por trás. Surpreendido, soltou a vasilha no fogão e espalhou água quente, molhando a roupa. Sentiu uma leve quentura no baixo ventre.

Uma voz ronronou ao seu ouvido.

– Deixa isso pra lá. Eu quero você... agora!

Ele mal teve tempo de fechar o gás.

※ ※ ※

O sol já começava o seu ocaso quando, felizes e saciados, os dois retomaram a leitura do manuscrito.

XII

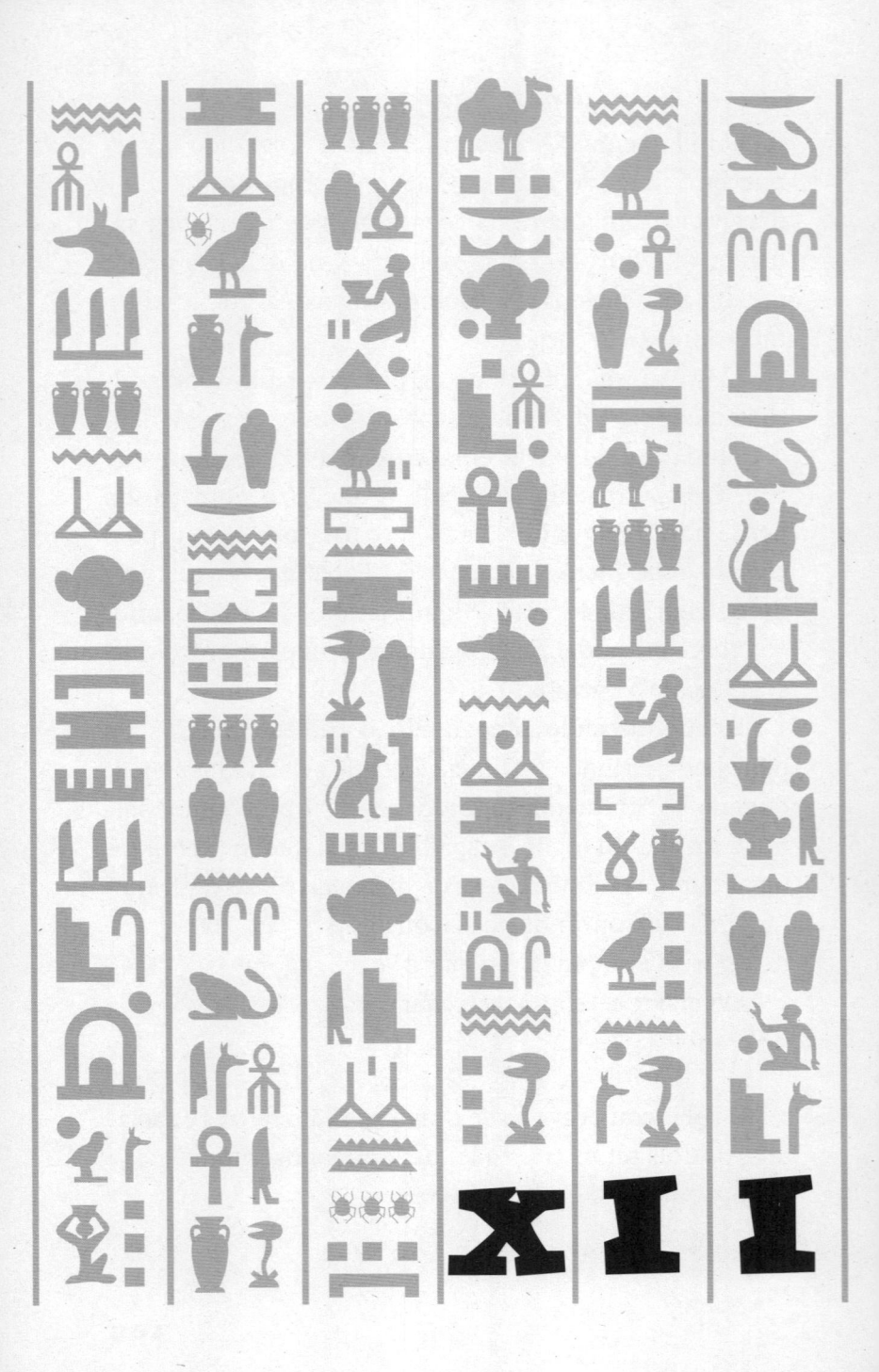

## PARIS, 29 DE NOVEMBRO DE 1891

No outro dia, muito cedo, João Alfredo de Oliveira compareceu ao palácio fazendo-se acompanhar por dois homens negros. Um, mulato, magro, de meia-idade, altura mediana, vestia-se como era usual em solenidades. O outro, um jovem muito alto e robusto, que se vestia com a modéstia das ruas, porém de forma correta.

O ex-ministro estava muito agitado. Eu, ao contrário, amanhecera leve como uma pluma naquela manhã. Estava tranquilo e sentia-me invadido por uma empolgação sem igual, a sensação de vitória sobre o destino, do renascimento, o alívio de ter sobrevivido àquela noite horrível.

Tinham sido três os disparos, e um deles chegou a penetrar a madeira da carruagem imperial, alojando-se a bala no lado oposto da cabine. Ao passar, quase atingiu a cabeça do meu neto Pedro Augusto, que disse ter ainda sentido o calor do projétil. No restante do percurso não ocorreu mais nada, seguindo o coche na sua mais rápida velocidade pelas ruas em penumbra da noite carioca. A chegada à Quinta da Boa Vista foi por todos saudada com um alívio indescritível. Já no leito, custei a conciliar o sono; mas dormi como há muito não tinha dormido.

João Alfredo me apresentou Clarindo de Almeida, o homem de meia-idade, e também Higino, o jovem forte, um dos membros da Guarda Negra. Clarindo de Almeida falou:

"Majestade, sentimo-nos honrados pela confiança depositada por vossa augusta pessoa. Este aqui, o Higino, é o nosso melhor homem. Foi ele quem cuidou de todos os detalhes da missão. E, como vê, não poderia ter sido melhor desempenhada."

Higino, de cabeça abaixada, agradeceu a deferência e mencionou que o sucesso dependera, na verdade, de um trabalho em equipe muito bem executado.

Fiquei mais admirado com o nível de educação do jovem negro, que superava em muito a maioria dos membros da corte. A mansidão de sua voz contrastava com a rudeza dos seus traços, que chegava a infundir medo ao desavisado. Falava, porém, com firmeza, passando ao interlocutor de imediato a sensação de que nele se podia confiar, como a um velho amigo. Senti de logo empatia por Higino.

Após nos sentarmos, João Alfredo logo tratou de ir direto ao ponto: o plano de segurança fora executado com quase total perfeição, salvo pelo fato de terem ocorrido os disparos, coisa que não era para acontecer, tamanho o cuidado da operação. Contudo, justificava-se aos atropelos atribuindo a culpa do insucesso parcial à grande multidão que havia na saída do teatro, que dificultara a identificação precoce do criminoso. Pedia insistentes desculpas e parecia temer alguma repreensão.

Tranquilizei-o imediatamente dizendo que o simples fato de estarmos ali conversando já demonstrava o êxito da operação, sendo normal que alguma coisa fugisse do controle. Pedi o relatório do caso. João Alfredo passou a palavra para Higino, explicando que fora ele a pessoa designada por Clarindo de Almeida para a incumbência especial, tendo se dedicado inteiramente em investigações prévias e na vigilância daquela noite, o que fez junto com outros três companheiros. Antes, porém, que o rapaz começasse a falar, fomos interrompidos. Batidas insistentes na porta do meu gabinete. De pronto reconheci tratar-se de meu neto Pedro Augusto. Entendi conveniente que também participasse da reunião.

Ele ouviu com espanto um pequeno preâmbulo no qual expus o motivo daquela conversa. Omiti como tinha sabido previamente do atentado. Disse-lhe que as agitações políticas daqueles últimos dias me tinham levado a pedir ajuda a João Alfredo, que providenciou uma atuação secreta, confiando, para isso, nas pessoas que estavam na sala. Após um sinal de assentimento para o negro Higino, este começou finalmente o relato da operação.

"Temo informar que Vossa Majestade há de ficar mui surpreso com o desfecho do caso", ele começou.

Disse a seguir que tinha recebido com honra e orgulho a incumbência, mantendo segredo mesmo ante seus pares. Começara a investigar sozinho possíveis perigos em potencial. Tudo, porém, estava a apontar para uma ação dos republicanos. Soubera que uma facção do partido pretendia apressar a queda da monarquia usando para tanto todos os meios necessários. Pela sua condição de negro, não conseguiu acesso às reuniões da facção. Todavia, possuía um amigo de longa data que estava envolvido no movimento republicano, e foi através dele que obteve informações cruciais sobre os eventos que ocorreram na noite de 14 de julho. Higino percebeu que a tensão daqueles últimos dias formaria o ambiente perfeito para um atentado. Pensando nisso, convocou outros três amigos de confiança e pediu auxílio para providenciar uma guarda pessoal secreta à família imperial. Usara o argumento da necessidade de se proteger a vida da redentora das ameaças que estavam cada dia mais presentes no tocante ao futuro do Império e à vida da futura sucessora do trono. Havia dito aos confrades que, se alguma coisa acontecesse à princesa Isabel, os fazendeiros escravagistas que passaram a apoiar a ideia republicana poderiam fazer retornar o estado de escravidão. Eles não só aceitaram os argumentos como se sentiram enaltecidos com a missão especial de proteger a redentora princesa Isabel. Achei engenhosa a tática. Higino aproveitou para afirmar que a cúpula da Guarda Negra nada tivera com a atuação violenta de alguns de seus membros durante o incidente de 14 de julho, tratando-se ali de atuação estranha aos objetivos mais nobres da corporação, tudo ideia de uns membros mais exaltados, patrocinada pelo partido monarquista conservador.

Higino, por intermédio de João Alfredo, soubera do arriscado passeio que a família imperial pretendia realizar ao Teatro Sant'Anna na noite de 15 de julho, e logo percebeu a dificuldade que enfrentaria, pois não seria fácil apurar alguma coisa em meio ao grande público que costumava comparecer às estreias teatrais. Juntamente com seus parceiros, chegou à praça da Constituição no final da tarde e, usando disfarces variados, foram acompanhando a movimentação das pessoas, estudando os pontos de maior risco, onde a segurança regular poderia falhar.

Por volta das 19h captou a inquietação de várias pessoas que aguardavam a chegada da família imperial, tendo comparecido à entrada do teatro por duas vezes o Sr. Pedro Amorim para assegurar a todos que o imperador tinha garantido pessoalmente sua presença no espetáculo, e que ele jamais faltava à palavra empenhada.

Durante a meia hora seguinte a agitação se elevou, mas não era perceptível a presença de republicanos suspeitos.

Às 19h35, o cocho imperial estacionou diante do teatro, sob o aplauso de alguns. Membros da Guarda Nacional que chegara antes das 18h se apressaram a formar um corredor protegendo o acesso da família imperial ao teatro. Por sorte, nada ocorreu naquele instante.

Higino resolveu entrar no teatro, pois se recordara da forma como o presidente dos Estados Unidos Abraham Lincoln tinha sido executado apenas 24 anos antes, exatamente num camarote de teatro, enquanto assistia a uma peça. Seria um momento propício, e emblemática a forma de execução. Postara-se, então, discretamente na galeria que dava acesso ao camarote imperial. Nada ali ocorria de suspeito. Vislumbrou dois guardas a postos, um de cada lado do camarote.

Como tinha dali uma visão privilegiada de todo o teatro, procurou observar ao redor, nas galerias e na plateia, procurando atitudes suspeitas entre os presentes, concentrando sua atenção nos homens, em especial os que sabia serem membros radicais do partido republicano.

Nada constatando de anormal na atitude daqueles senhores durante o espetáculo, pôde, no entanto, perceber Higino, num dado momento, a presença na plateia de um sujeito estranho, desconhecido, que vez por outra voltava sua cabeça para o camarote imperial. Percebeu em seu comportamento algo que fez com que o experiente membro da Guarda Negra, numa espécie de intuição, o elegesse como potencial perigo.

Sem perder de vista o sujeito, Higino permaneceu vigilante.

Quando se preparava o ambiente para a atuação da violinista, Higino observou que o homem estranho deixava seu lugar. Ficou de prontidão e se aproximou ainda mais da porta do camarote imperial, porém assumindo a postura insuspeita de um mero serviçal. Aguardou alguns minutos, e ninguém apareceu. Voltou a observar a plateia, e o homem não havia retornado. Pensou que talvez estivesse obcecado e correndo o risco de perder alguma outra eventual ameaça. O homem estranho não mais retornou no restante do espetáculo, o que fez com que Higino entrasse num conflito, pois, ao mesmo tempo que aparentemente a atitude revelava o fim do perigo, não eram usuais as saídas sem retorno no meio das apresentações.

Ficou na dúvida se abandonava o teatro para tentar encontrar o homem do lado de fora ou se permanecia ali, de guarda e vigilância, dentro do teatro. Optou pela segunda hipótese e aguardou o desenrolar das apresentações, não se registrando qualquer incidente e não conseguindo identificar qualquer outra pessoa em atitude suspeita.

Enquanto o público saía do teatro, Higino percebeu que a família imperial permanecia sentada. Imaginou que aguardávamos a desobstrução dos corredores. Aproveitou para verificar se havia algum perigo na retaguarda. Nada vislumbrando, e percebendo a abertura da porta do camarote, seguiu logo à frente, porém bem próximo.

Era incrível. Eu mesmo, apesar de atento a tudo, não percebera em nenhum momento sua atuação discreta.

Higino continuou o seu relato dizendo que havia acabado de sair do teatro quando escutou o grito de viva à república, seguido do tumulto. Felicitara-se por ter se antecipado à saída, pois evitara a turba assustada que tentava voltar para dentro do teatro.

Naquele momento olhou em sua volta e percebeu um movimento que o auxiliou: enquanto o povo procurava se acumular na entrada do teatro para mostrar apoio a mim através de vivas, ele pôde ver com clareza um homem se afastar de forma sorrateira da turba excitada, postando-se sob a penumbra de um dos umbrais do prédio que fica ao lado do estabelecimento Maison Moderne.

Entrando no meio do povo para não despertar suspeitas, foi ziguezagueando naquela direção. Valeu-se a seguir da cobertura de um coche que dali saía para cobrir, sem despertar suspeitas, o vazio que se formara entre a multidão e o local onde o estranho parecia se esconder. Conseguiu alcançar um nicho logo ao lado daquele em que estava o sujeito, torcendo para que a atenção dele estivesse direcionada ao imperador e ao pequeno tumulto que se formara às portas do teatro.

Dali a minutos a carruagem imperial começou a se afastar normalmente do teatro, sob vivas e aplausos dos monarquistas que integravam a pequena multidão.

Higino ficou atento ao indivíduo. Percebeu, então, que o cano de uma pistola emergia da escuridão. No exato momento em que a carruagem passava, ele saltou na frente do homem, agarrando-lhe o braço armado. Não conseguiu evitar os disparos, mas lograra êxito em desviar a trajetória das balas. Em seguida, pressionou com o seu corpo o homem, que era de pequena estatura, e conseguiu imobilizá-lo imprensado à porta. Naquele momento lhe acudiram seus três companheiros e, aproveitando-se do aturdimento da guarda e da surpresa das pessoas pelo atentado, deslizaram pela escuridão do beco ao lado do prédio, conduzindo totalmente imobilizado o homenzinho.

Levaram-no pela viela escura, Higino o amordaçando com a mão. Acreditava não terem sido vistos. O compacto grupo percorreu uma centena de metros e logo ingressou no matagal do Morro de Santo Antônio. Chegando numa pequena clareira, os homens pararam para amarrar o criminoso. Enquanto juntavam suas pernas, ele soltou um grito terrível. Sua expressão facial, iluminada pela luz fraca de um pequeno archote, era de dor e sofrimento.

"Ele olhou para mim com os olhos arregalados e o rosto estava completamente desfigurado", disse Higino, completando sua narrativa. "Em seguida disse umas palavras numa língua estranha e morreu. Nunca me esquecerei do seu rosto na hora da morte: a boca escancarada, espumando, e os olhos arregalados, como se fossem saltar das órbitas. Em segundos ficou duro como uma pedra."

Todos ficamos em silêncio, aturdidos com a narrativa. Em seguida Higino tirou do bolso de seu casaco um pequeno embrulho e me entregou dizendo: "Ele tinha conseguido colocar a mão no bolso inferior do seu sobretudo. Estava segurando isto".

Abri cuidadosamente o papel. "'Leiurus quinquestriatus'. Também chamado de 'Perseguidor de morte'", eu disse. Na palma da minha mão, sobre o pedaço de papel amarrotado, estavam os restos mortais de um escorpião amarelado, com o dorso negro. "Somente é encontrado no norte da África até o Oriente Médio. É, sem dúvida, o inseto mais perigoso e mortal do mundo. Sua picada leva a vítima à morte em poucos segundos!"

João Alfredo e Pedro Augusto se aproximaram observando o inseto com curiosidade e admiração. Voltei-me para Higino: "O que foi feito do homem?"

"Deixamos lá pelo morro. A polícia cuidará dele."

"Então é melhor levar isto e deixá-lo exatamente onde foi encontrado. Assim a morte do estranho não levantará suspeitas e a polícia achará que foi um acidente", disse João Alfredo. Assenti com a cabeça e devolvi o pacote.

"Tem mais uma coisa, Majestade", era Clarindo de Almeida quem agora falava. "Havia uma tatuagem no dorso da mão direita do homem. Parecia um escorpião em cima de um besouro."

"Realmente muito estranho. O que poderia significar?" Fiquei um pouco pensativo. Que circunstâncias fantásticas aquelas! Virei-me, então, para o João Alfredo: "A polícia prendeu alguém?", perguntei.

"Logo depois do incidente, o agente da polícia Paulino Alberto de Magalhães capturou um espanhol. Seu nome é Ramon Gonçalves Fernandes", disse ele, consultando algumas anotações. "Sobre esse homem caíram as primeiras suspeitas da autoria do crime. Em seu poder não foi encontrada arma alguma, nem foram suficientes as provas contra ele. Foi posto em liberdade logo no começo da madrugada. A polícia continuou diligenciando e descobriu que o autor do atentado teria sido visto pelo Sr. Antônio José Nogueira, empregado do Maison Moderne. Pelas descrições dadas, o 1º delegado de polícia, Dr. Bernardino Ferreira da Silva, conseguiu prender ainda de madrugada um homem com características semelhantes em um bonde da Companhia de Botafogo, na rua de Gonçalves Dias. Seu nome é Adriano Augusto do Valle, ao que parece, um jovem caixeiro-viajante português. Ele está sendo indiciado por ter disparado os tiros de revólver."

"E que provas possuem contra esse inocente?", perguntei.

"Além da descrição do empregado da Maison Moderne, nada."

"Melhor assim. Sem provas, será inocentado. O infeliz não tem nada com o atentado. Queria eu poder libertá-lo."

João Alfredo alertou-me que seria melhor eu não interferir no caso e deixar a polícia fazer seu trabalho naturalmente.

"Então ao menos cuide para que esse jovem seja bem tratado durante o tempo em que tiver de ficar detido", eu disse. "E acompanhe de perto o caso. Não quero que ele venha a ser condenado por um crime que não cometeu."

Depois me lembrei de um detalhe curioso da narrativa de Higino.

"O senhor tinha dito que o estranho, às portas da morte, falou umas palavras numa língua desconhecida..."

"Isso mesmo, Majestade. E tive a impressão de que ele queria alertar sobre alguma coisa. Na verdade, morreu repetindo uma frase."

"E o senhor se recorda do som que ele pronunciava?"

"E como eu não haveria de recordar, Majestade?!", ele exclamou. "Jamais esquecerei os detalhes daquela cena terrível. E eu já vi coisas que até Deus duvida! Suas palavras ficam zumbindo nos meus ouvidos o tempo inteiro."

"O senhor poderia repeti-las para mim?", perguntei, tomado de curiosidade.

Ele então falou uma breve sequência sonora, repetindo-a teatralmente, da forma como ouvira. Estranhei. Parecia árabe. Eu tinha algum conhecimento daquela língua oriental, especialmente em virtude dos meus estudos de egiptologia, e percebi traços do atual idioma praticado no Egito. Inclusive uma expressão bastante familiar. Todavia, não fazia qualquer sentido naquele contexto. Tomei nota da fonética da frase e guardei cuidadosamente o papel dentro de um dos livros que estavam sobre a minha mesa, pensando numa consulta futura com o professor Seybold. Em seguida dispensei os homens, agradecendo a eficiência com que agiram, dando-lhes ordens expressas de manterem silêncio absoluto sobre tudo aquilo.

Enquanto eles saíam, um turbilhão de perguntas assolou a minha mente: por que um homem vindo das terras do Oriente desejaria me matar? Seria ele um assassino contratado por alguém que desejava a derrubada do regime? Ou teria motivos pessoais? E, se fosse assim, que motivos seriam? O que levou o tal sujeito a cruzar o oceano para uma atitude daquela? Qual o real sentido da frase que disse na hora da morte? Talvez ali estivesse a resposta para todas aquelas intrigantes perguntas. Perturbadora a frase. Por que, afinal, se matou quando foi pego, e de forma tão dolorosa e inusitada?

As respostas viriam no futuro. E seriam inacreditáveis!

XIII

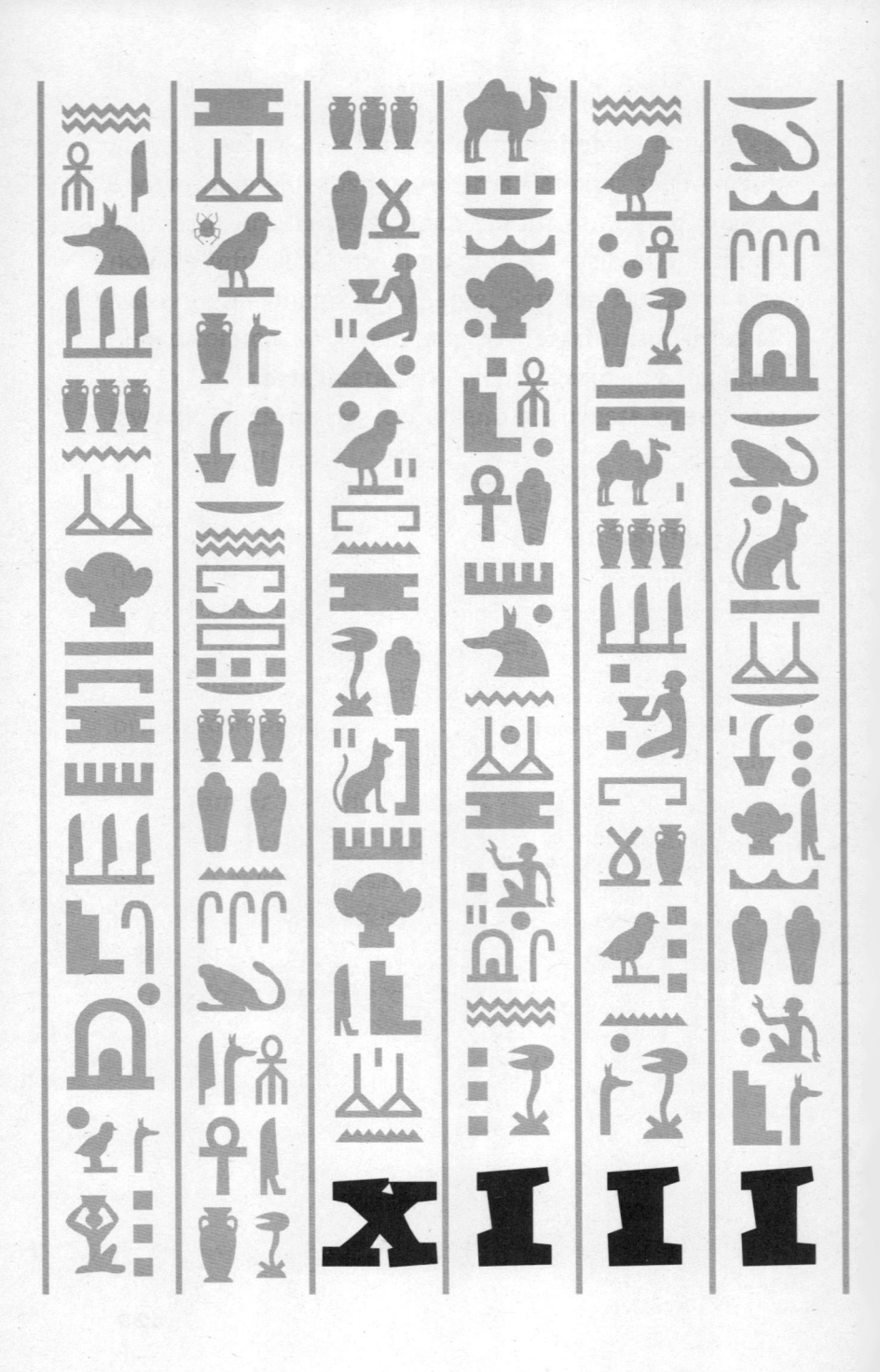

## PARIS, 30 DE NOVEMBRO DE 1891

Aquela manhã em que me foi revelada a forma como a Guarda Negra conseguira impedir minha execução marcara também o fim da sanidade do meu amado neto Pedro Augusto, em quem depositava esperanças de algum dia me suceder no trono do Brasil.

A partir dali, vivamente impressionado com os fatos, ele passou a ter delírios paranoicos, sempre fechando janelas, jamais saindo de casa sem escolta, e relatando-me ter visto, aqui e acolá, algum estranho com caracteres do Oriente Médio a parecer seguir seus passos, ou a carruagem imperial, ou a rotina da Quinta da Boa Vista. De nada adiantavam as longas conversas que tínhamos, nas quais procurava acalmá-lo e chamá-lo à razão. Ele parecia cada vez pior, cada vez mais alienado. E aquilo me entristecia sobremaneira.

Os meses que se seguiram foram o ocaso do império, que lutei por tantos anos para consolidar. O exército foi insuflado ao golpe. Talvez eu devesse ter sido mais cuidadoso, e teria enxergado o plano se formando; procurado escutar as evidências que pareciam gritar, e muitas vezes realmente gritaram, para mim. Contudo, estava iludido com a crença de que seria suficiente ter dado o melhor de mim para o desenvolvimento do meu grande país, sacrificando até mesmo meus anseios pessoais, e achava que era um governante querido por meus patrícios. Ledo engano. A sede pelo poder sempre foi na história da humanidade motivo para a queda de maus, mas também de bons governantes. Por que seria diferente no Brasil? Acaso não seriam aqueles homens, alguns dos quais eu considerava verdadeiros amigos, como o Deodoro, também humanos e sujeitos à tentação do poder?

Quando soube dos movimentos daquele fatídico dia 15 de novembro de 1889, eu disse para os que me traziam as notícias: "É tudo fogo de palha. Conheço os meus patrícios".

Como eu estava enganado! Permaneci apático a tudo. Não me parecia real que a república estivesse sendo iniciada daquela forma, tão desleal e conspiratória. Todos sabiam que eu tinha admiração pelo regime. Somente não acreditava que o país estava preparado para tão grande passo. Era evidente o risco de divisão daquele imenso território que dei o meu sangue para manter unido.

O meu desgosto, porém, o que causou a morte da minha dedicada imperatriz e o que certamente está hoje me levando de forma mais rápida para a sepultura, é a forma como fomos e continuamos sendo tratados, como verdadeiros malfeitores, escorraçados, indignos de permanecermos ou retornarmos àquele solo tão querido.

Mas a história fará justiça. Ainda agora alimento esperança de um dia retornar à minha amada terra, embora naquele momento, não nego, estivesse de certa forma aliviado e até animado com a descarga do peso do poder e a possibilidade de, pela primeira vez em mais de sessenta anos, estar completamente livre para fazer somente o que mais gosto, que é estudar línguas, traduzir textos sagrados, escrever versos e manter permanente contato com o que me mantinha vivo: a cultura e a ciência do mundo. Somente pedia naquele momento saúde para me dedicar às letras e às ciências com a mesma vitalidade com que tratei dos assuntos do Brasil.

Mas deixemos de lado os meus lamentos. Não é para isso que ora dito a muito custo estas palavras. Sigo no relato.

Durante a viagem para o exílio, as crises do meu neto aumentaram. Ele se convencera, desde o embarque, que o comandante Pessoa, que nos conduzia no vapor Alagoas na travessia do Atlântico, tinha ordens para atirar ao mar toda a família imperial. Quando Pessoa tentou acalmá-lo dizendo que já havia viajado anteriormente com meu genro, o conde d'Eu, Pedro Augusto ficou ainda mais desconfiado e alterado. Não se dava bem com sua tia Isabel e o esposo. Em certo momento agrediu o pobre comandante tentando estrangulá-lo. Tive de ordenar colocá-lo sob vigilância constante. E, quando escapava, ele lançava garrafas ao mar com pedidos de socorro.

A viagem, no mais, transcorreu tranquila, e eu por vezes apenas me pegava, entre uma leitura e outra, olhando para o horizonte em direção ao Brasil e me perguntando se aquilo não passava de um triste pesadelo.

Foi num daqueles momentos que caiu de dentro do livro que eu lia, uma edição recente da Divina Comédia, um pequeno pedaço de papel. Nele estava rabiscada a frase dita pelo estranho que atentara contra minha vida quatro meses antes. Olhei surpreso para o papel. Tinha me esquecido completamente de onde o havia guardado. Certa vez o tinha procurado em vão, e achara que jamais o veria de novo. Mas o destino colocou-me mais uma vez nas mãos a misteriosa mensagem, e eu não pretendia mais perdê-la de vista. Imediatamente chamei o meu professor de árabe e sânscrito, doutor Fritz Seybold, que ora me auxilia e que seguia conosco naquela triste viagem, e fomos ambos para a minha cabine. Tranquei a porta, certificando-me de que ninguém nos ouviria. Mostrei-lhe o papel sem nada revelar naquele momento sobre as circunstâncias estranhas em que a frase fora dita. Ele, após examinar detidamente o papel, disse:

"Não faz muito sentido esse som. Parece árabe egípcio, mas essa frase... Posso perguntar a Vossa Majestade onde a escutou?"

"Por ora quero manter segredo", disse-lhe. "O que vos parece?"

"Não sei... Talvez... algo como 'a vingança de Amen-Rá é terrível'. Isso diz alguma coisa para o senhor?"

Fiquei pensativo alguns minutos. Por fim, respondi: "Para mim não faz nenhum sentido".

Realmente não fazia. O que significava a vingança de Rá? Sabia que Rá ou Ré era um antigo deus egípcio, identificado como o Deus do Sol, que durante o dia se manifestava por meio de um falcão e, à noite, se tornava Atum, um senhor que aquecia com seus raios os mortos recém-chegados no além. Mas o que tinha comigo? Por que o homem estranho iria querer me matar? E que vingança seria aquela? Vingança por quê? A frase nada esclareceu. Revirei minha mente procurando motivos para alguém do Oriente Médio querer me executar sob a justificativa de agir a serviço de um antigo deus egípcio. Nada me acorria. A única explicação possível para mim naquele momento era de que o sujeito não passava de um lunático.

Lembrei-me do detalhe da tatuagem.

"O senhor sabe alguma coisa sobre uma tatuagem de um escorpião lutando contra um besouro?", arrisquei.

Ele me olhou estampando uma enorme curiosidade no rosto. "Nunca ouvi falar sobre isso. E creio que Vossa Majestade também não vá me dizer nada, estou certo?"

Respondi que sim, e que não era mais majestade coisa nenhuma. Ele replicou afirmando de forma bondosa que a realeza era mais do que um poder efêmero.

Nos dias seguintes, vi com muita tristeza a saúde mental do meu neto Pedro Augusto se deteriorar.

No dia 28 de dezembro, já na escala que fizemos em Portugal, aconteceu algo terrível: deprimida e adoentada pelo exílio forçado, minha dedicada imperatriz Teresa Cristina morreu. Foi vítima de um ataque cardíaco provocado por uma crise de asma. O que era ruim, então, ficara pior, e meus dias foram de completa aflição. Apenas me consolavam o estudo e a leitura, que mais do que nunca se tornou obsessiva para mim. O corpo da imperatriz foi sepultado na igreja de São Vicente de Fora, em Lisboa, onde fica o panteão da dinastia Bragança. E a cena comovente da despedida final daquela santa mulher ainda repercute em meu pobre espírito.

Pesarosos, partimos logo de Portugal para a França, onde eu pretendia viver os meus dias de exílio com o pequeno conforto da Cidade-Luz. Alentava-me poder conversar com os grandes homens que ali ainda viviam.

Sabedor do clima extremamente frio que aflige a capital francesa naquele triste inverno de 1889, acometida sua população, ademais, por uma terrível gripe, fomos direto para Cannes, procurando refúgio na Côte d'Azur. Ali, no Hotel Beau Séjour, recebi a grata visita da condessa de Barral que, não nego, é para mim a pessoa mais especial deste mundo. Dias depois recebi a visita do meu médico em terras francesas, o bom doutor Charcot, que me prescreveu nova terapia nas águas termais de Baden-Baden. Uma longa viagem que, todavia, me proporcionou oportunidade de viver duas semanas no castelo da condessa de Barral, em Voiron, gozando dos prazeres da sua intimidade. Já em Baden-Baden, passei todo o mês de agosto de 1890 tomando os revigorantes banhos turcos. Minha saúde melhorou muito pouco.

Finalmente cheguei à França no dia 30 de setembro do ano passado, e no primeiro mês daquele outono hospedei-me com minha filha Isabel em Versalhes, no Hôtel dês Réservoirs, que fora a antiga residência da Madame de Pompadour, a grande cortesã do rei Luís XV. Nessa época, pernoitei algumas noites em Paris, no apartamento do conde de Nioac. Naqueles dias, conheci o compositor de óperas e balés Léo Delibes. Visitava Charcot, Pasteur, Garnier e um confrade da Academia de Ciências, o geólogo Gabriel Auguste Daubrée.

Aproveitei para visitar o grande monumento de Paris: a Torre Eiffel, construída após minha última estada por aqui. É, sem dúvida, a grande maravilha do século. E que vista! De lá Paris parecia um grande tapete irregular e belo.

Nos dias seguintes, em Paris, visitei museus, igrejas e monumentos. Sentia cada vez mais o peso da idade e da saúde debilitada. O Hôtel dês Invalides, onde fica o túmulo de Napoleão Bonaparte, foi o último lugar que visitei naqueles dias. O inverno chegou e fomos uma vez mais para a Côte d'Azur. Seria melhor me aquecer no clima ameno do Mediterrâneo do que enfrentar o frio congelante de Paris que, em vista da minha frágil condição, poderia piorar ainda mais o meu estado.

Já em Cannes, recebi a notícia mais dolorosa da minha vida. Li nos jornais de 20 de novembro de 1890 que o banimento dos exilados brasileiros fora revogado, com exceção da família imperial. Um mês mais tarde, às vésperas do Natal do ano passado, o governo republicano do Brasil condenou-me ao eterno exílio, sepultando de uma vez minhas esperanças de voltar um dia à minha amada terra. Como lamentei!

E eis que em janeiro deste ano outra notícia abala ainda mais o meu combalido espírito. Morreu a condessa de Barral, minha amiga mais preciosa há mais de quarenta anos.

Com o coração em luto, retornei a Versalhes na primavera. Ainda frequentava, quando podia, as reuniões do Institut de France em Paris, mas meu estado de saúde cada vez mais debilitado impedia-me de assistir a óperas e peças teatrais. Aos poucos a vida me foi negando os meus últimos prazeres. A vista piorava, e precisei contar com a boa vontade de quem estivesse por perto para os estudos e a leitura. Estava prestes a completar 66 anos de idade e sentia-me, como agora, um velho centenário.

Certa vez fiz uma visita ao doutor Charcot, em sua casa no Faubourg St. Germain, n. 237. Lá estava também, por uma feliz coincidência, o doutor Joseph Babinski. A certa altura, Charcot surpreendeu-me com o seguinte comentário:

"Senhor Pedro, sempre fui intrigado com essa velhice precoce que o dominou. Espanta-me sobremaneira vê-lo definhar tanto nesses últimos quinze anos. É como se tivessem se passado sessenta anos, e não quinze. Aos cinquenta, quando da sua segunda vinda à França, era um jovem senhor, garboso e ágil. Hoje, após pouco mais de uma década, sofro ao vê-lo assim, tão decrépito, se me permite dizer. E, sinceramente, não vejo explicação lógica para isso ter ocorrido. É certo que muitos percalços atravessaram vosso caminho, e não deve ter sido fácil governar um país mantendo-o em paz no meio de tantos conflitos por lá. E não posso esquecer esses seus males físicos: diabetes, coração frágil, problemas respiratórios. Mas muitas vezes perguntei-me se esse estado de coisas não podia ter tido uma origem mais profunda, alguma causa desconhecida, que me foge ao saber médico."

Aquela reflexão sincera de Charcot me pegara de surpresa. Ele sempre tinha sido direto e seguro nos seus diagnósticos, mas ali parecia revelar uma incerteza inesperada. Recordei-me de que já tinha ouvido aquilo de outros amigos, e eu mesmo sempre me perguntara o porquê de ter sido tão rapidamente vencido pelo peso dos anos. Respondi-lhe na ocasião:

"Já perdi noites de sono com esse pensamento. Queria mesmo descobrir a causa disso."

"Talvez o senhor pudesse obter essa resposta." Quem falou foi Babinski.

"Como?", perguntei, interessado.

"Talvez através da hipnose. O senhor já assistiu a algumas demonstrações no Hôpital de la Salpêtrière. Sei de alguns amigos que estão trabalhando com regressões de idade e coisas surpreendentes acontecem."

Charcot reprovou veementemente a sugestão do colega. E não era de estranhar. Naquela época ele ainda associava os fenômenos hipnóticos à histeria. Nenhum dos dois médicos que ali estavam tivera ciência das minhas experiências com o coronel Albert de Rochas, e achei melhor nada dizer naquele instante.

"O senhor acha isso produtivo?", perguntei.

Babinski, olhando mais para Charcot do que para mim, respondeu: "Não sei o que dizer. Sou um cientista e tendo a não acreditar nesse tipo de coisa, que me parecem fantasias e construções do cérebro. Mas o senhor tem a mente livre, é um homem culto, um espírito erudito e sábio. Saberá tirar suas próprias conclusões. E nada terá a perder. Se bem não lhe fizer, mal não fará".

Charcot balançava a cabeça em desaprovação. Já sabendo a resposta, perguntei:

"Em quem o senhor está pensando para uma experiência desse tipo?"

Ele me indicou o coronel Albert de Rochas.

XIV

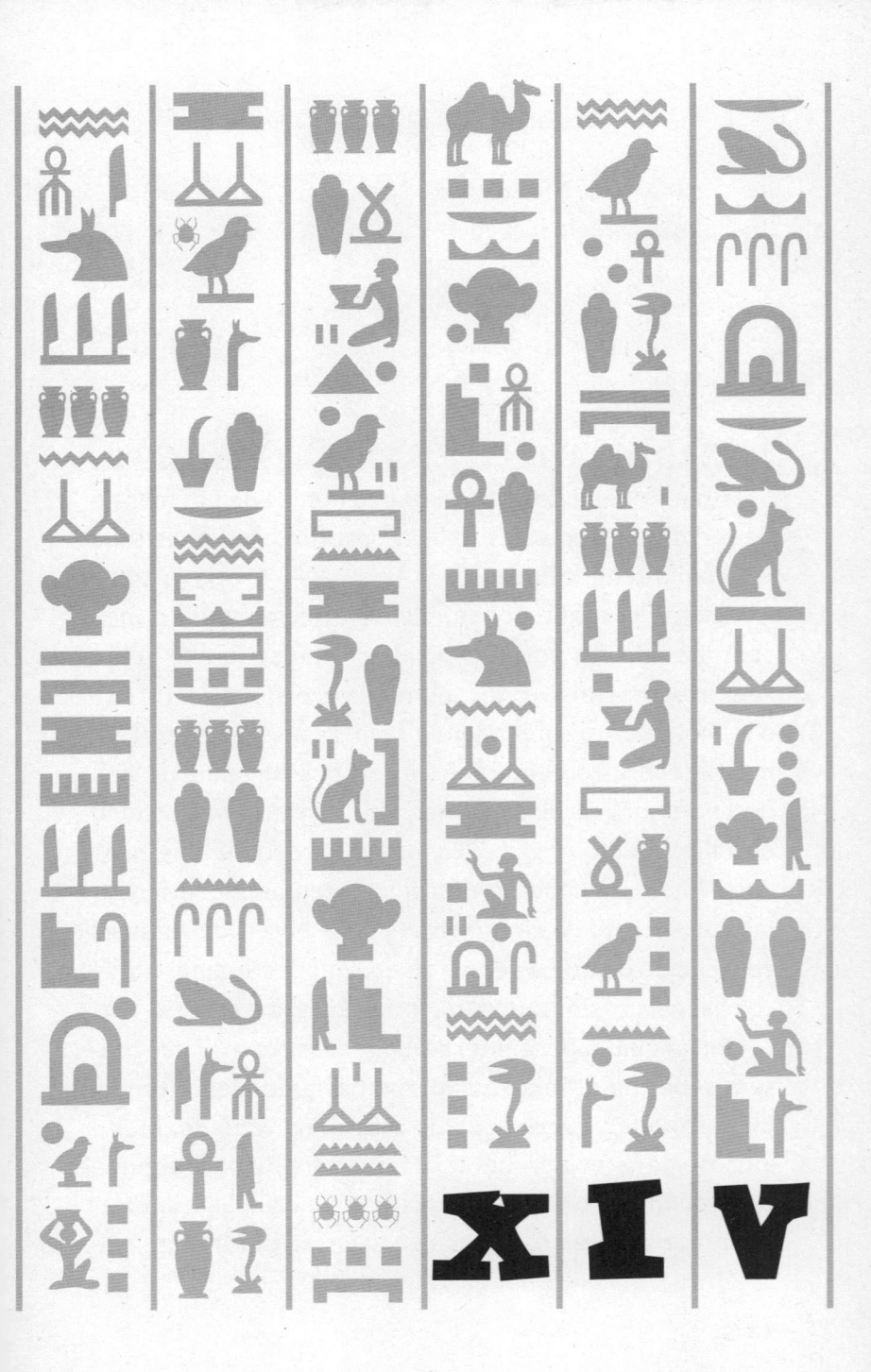

## PARIS, 1º DE DEZEMBRO DE 1891

Uma semana depois, e a pouco menos de um mês da data em que dito estas linhas, encontrei-me mais uma vez com o senhor Rochas.

De forma muito polida, ele evitou falar sobre o meu contratempo no governo do Brasil. Indaguei-lhe sobre seus experimentos, e ele fez um breve relato, dizendo que continuava se surpreendendo com os resultados que vinha obtendo. Perguntei-lhe sobre a possibilidade de vir a descobrir através do sono magnético a causa real do meu envelhecimento precoce. Ele disse que seria uma experiência interessante, caso viéssemos a tentar isso, e acreditava no sucesso da empreitada, pois estava cada vez mais convencido de que o acesso ao que agora ele chamava de consciência cósmica poderia fornecer essa resposta.

Em seguida, perguntei se ele recordava o que eu quisera saber na última sessão que havíamos feito juntos. Ele respondeu que sim, e que estava, na verdade, muito ansioso para me perguntar se tinha servido para alguma coisa conhecer o momento da minha morte. Eu o surpreendi dizendo que todas as cenas vistas durante aquele sono magnético vieram a acontecer nos seus mínimos detalhes, e somente não fora assassinado porque tomara providências de segurança que atrapalharam a pontaria do atirador.

Contei-lhe ainda sobre a estranha frase em árabe dita pelo homem que atentara contra minha vida e sobre o símbolo misterioso tatuado em sua mão. Rochas disse não fazer sentido para ele aquelas coisas, mas que talvez o sono magnético também pudesse oferecer respostas.

Vi-me tomado por uma ansiedade indescritível. Ali estava eu como os antigos diante de um oráculo. Curiosamente refleti que o homem sempre buscara conhecer as coisas além de seus sentidos através dos oráculos, e começava a acreditar que aquilo não tinha sido bobagem de crédulos ignorantes. Talvez os visionários dos oráculos entrassem de alguma forma em uma espécie de sono magnético semelhante àquele produzido pelas técnicas inusitadas de Albert de Rochas, fazendo com que tivessem acesso real ao passado e ao futuro. E o que dizer dos profetas, como o grande Nostradamus? Seria ele também alguém que descobrira através do sono magnético o acesso à grande biblioteca do tempo?

A possibilidade de investigar de forma segura, sentado em uma poltrona, aqueles mistérios que assolaram minha vida nos últimos meses e os motivos do vertiginoso declínio da minha vitalidade fez o meu coração bater descompassado. Queria tentar naquela mesma manhã. Insisti muito, e o pobre senhor Rochas, sensível à minha angústia, viu-se obrigado a cancelar seus outros compromissos pelo resto do dia, pondo-se à minha inteira disposição para o que ele chamou de uma nova viagem aos domínios misteriosos da minha mente universal.

Tudo preparado, iniciamos o processo. Foi mais rápido do que da última vez. Ao que parece, a cada vez que o indivíduo é posto sob a influência do sono magnético, mais fácil é para ele regressar ao estado correto do transe onde o acesso à biblioteca do tempo é possível.

Senti-me rapidamente tomado pelo torpor cada vez mais profundo, a cada passe longitudinal executado pelo senhor Rochas. Ouvia apenas sua voz, monótona e repetitiva, sugerindo-me que me rendesse a um relaxamento total. Após algum tempo, que não posso mensurar, mandou que eu visualizasse a simbólica figura da ampulheta, como se aquilo tivesse o poder de invocar a chave do tempo, condicionando e preparando minha mente para o que viria a seguir.

Vi-me, então, mais uma vez sugado pela enorme ampulheta, como se fosse um dos milhões de grãos de areia. Aquilo me conduziu, num passe de mágica, a um turbilhão de imagens e sensações. Parecia que o passado, o presente e o futuro se misturavam e se confundiam pontilhando em cada espaço do que me parecia uma nuvem infinita, que me envolvia completamente. Os pontos ora se ligavam, ora se soltavam; ora se ligavam a outros, às vezes formando vincos luminosos; ora pareciam se afastar em vácuos abissais. Tudo numa velocidade incalculável, já que não era presente para mim a consciência do tempo e do espaço. Eu, ou minha mente, estava flutuando, viajando ao sabor daquele ambiente maravilhoso. E somente escutava, bem ao longe, o som da voz que eu sabia ser de Albert de Rochas, dizendo-me que me preparasse para obter as respostas que necessitava, no meio da sabedoria do universo.

Instantes depois, a voz ordenou que a consciência cósmica me revelasse aquilo que eu ansiava saber: qual o verdadeiro motivo do meu envelhecimento rápido e precoce, da perda progressiva e ligeira da minha saúde e vitalidade, que ocorria de forma tão diferente das demais pessoas deste mundo.

Imediatamente ao redor de mim, ou do que posso chamar de minha consciência cósmica, aquela infinidade de pontos, que pareciam ser representações de momentos, começou a girar em ziguezagues, envolvendo-me numa espécie de redemoinho. Essa foi a sensação que tive. Ou seria eu a girar loucamente como se buscasse o exato local em que estaria a resposta à minha pergunta interior? Ouvi a voz de fora dizendo que, quando encontrasse a resposta que procurava, eu ergueria um dos dedos das mãos.

Aconteceu, então, algo completamente inesperado. À minha frente começou a se formar uma imagem. A princípio difusa, fugidia. Parecia a silhueta de uma pessoa. Uma mulher, pela forma que era dada ao contorno da cabeça.

Mas aos poucos outros elementos se juntaram àquela imagem, dando-lhe cores e uma forma mais definida.

No completo estado de apatia em que me encontrava não tinha capacidade para analisar de forma crítica nada do que via ou sentia. Assim, não senti naquele instante nenhum estranhamento quando se desenhou em minha frente a imagem nítida e clara de um sarcófago egípcio.

Junto, veio-me uma sensação também estranha: a íntima certeza inabalável de que, por mais absurda que viesse a parecer, aquela era a resposta que eu procurava.

O sarcófago, eu o reconheci prontamente: era a urna funerária da múmia de Sha-amun-em-su, uma cantora do templo de Amon, que mantive no meu gabinete pessoal por mais de doze anos.

Mecânica e inconscientemente, como se meu corpo estivesse sob o comando de uma força estranha, ergui o dedo indicador da mão direita.

Logo em seguida, ouvi novamente a voz longínqua do senhor Rochas ordenando que me fosse agora revelado o que relacionava minha pessoa à frase dita em árabe pelo autor do atentado contra minha vida, bem como ao símbolo do escorpião vencendo o escaravelho.

Ao contrário do que eu esperava, a imagem do sarcófago de Sha-amun-em-su não sumiu. Permaneceu ali, real, diante dos meus olhos mentais, de forma viva e insistente, pulsando cada vez mais forte, como se fosse um coração de fogo.

E mais uma vez, sem que eu tivesse qualquer controle, o dedo indicador da minha mão direita ergueu-se sozinho.

XV

## PARIS, 2 DE DEZEMBRO DE 1891

Hoje inteirei 66 anos, e sinto-me cada vez mais fraco. A festa que me prepararam não me animou. Já não vejo o que comemorar neste meu estado lamentável. Meus netos me visitaram. Os filhos de Leopoldina. Ao menos isso foi bom. Também Charcot esteve aqui. Pareceu que não sabia mais o que fazer. Apenas me confortou e pediu que eu resistisse mais. E ele tem razão. Ainda não terminei...

O caro leitor que toma conhecimento destas intrigantes linhas talvez já tenha ouvido falar da múmia de Sha-amun-em-su. Mas, antes de a ela me referir mais demoradamente, lembro não ser segredo para ninguém que milênios da história do Egito antigo foram e estão sendo vilipendiados através da ação funesta de saqueadores de tumbas, invasões estrangeiras e as guerras tão comuns no Oriente Médio, que resultaram na destruição considerável de monumentos de arquitetura tão admiráveis que quase não se consegue crer terem sido erguidos pelo homem, e num período da história em que somente se podia contar com grotescos instrumentos de trabalho.

O turismo que se fez da Europa para o Egito após a primeira excursão de Napoleão Bonaparte, em 1798, teve duas consequências: ao mesmo tempo que contribuiu para o enriquecimento de desonestos ladrões de tumbas, proporcionou descobertas fascinantes sobre a história e os costumes daquele reino que considero o mais longo, resistente, próspero e grandioso da história de toda a humanidade. Ainda lamento que tantas relíquias e objetos, patrimônio legítimo do povo do Egito, tenham ido parar em mãos mercenárias; mas ao mesmo tempo não se pode negar que parte considerável desse acervo se vê agora a salvo, glorificando museus e coleções em vários países do mundo civilizado. E, assim, muitos estudiosos voltaram seus olhares e mentes à fascinante redescoberta dessa civilização que parece ter vindo de outro mundo, tão complexa e bela foi em tantos milênios de história.

A cultura egípcia sempre me encantou, desde quando me entendi por gente. Quando eu tinha apenas um ano de vida, meu pai veio a saber que um certo comerciante italiano chamado Nicolau Fiengo estava aportado no Rio de Janeiro. Ele seguia para Buenos Aires, onde negociaria um grande lote de objetos, certamente produto de pilhagens nos monumentos do Antigo Egito. Meu pai, por mera curiosidade, visitou o navio e ficou deveras impressionado com as peças do acervo. Eram centenas de objetos de todos os tipos, dentre vasos, estatuetas, amuletos e até mesmo múmias humanas, oriundas mais precisamente de tumbas da necrópole de Tebas, de altos funcionários do império egípcio. Ele insistiu em comprar algumas peças, mas o mercador resistiu, como era de costume, e afirmou que nada venderia que não o lote inteiro, e por um preço considerável. Meu pai, um homem essencialmente prático, não tinha a afeição que eu tenho pela arte e pela ciência, mas naquela ocasião teve o bom senso de insistir na negociação e fazer uma proposta satisfatória para o comerciante. Conseguiu arrematar o lote inteiro. Ainda fico a pensar no quanto perderam com isso o Egito e mesmo a Argentina. Mas não lamento. O Brasil foi agraciado, e o valioso tesouro histórico ficou em boas mãos.

Cresci, portanto, cercado por aqueles objetos fabulosos; e sempre que os visitava vinha-me a estranha sensação de que me eram familiares de alguma forma, como se fizessem parte de minha própria história. Assim surgiu minha paixão pelo Antigo Egito, que me levou a duas excursões nas terras do grande Nilo.

Mas Sha-amun-em-su não estava naquele acervo adquirido pelo meu pai. Meu encontro com ela se deu muitos anos depois.

Em 1871 estive no Egito pela primeira vez. Ainda me recordo da indescritível sensação de pisar aquele solo milenar, terra na qual passaram muitas gerações do povo mais evoluído da Antiguidade. Magníficos monumentos erguidos pelos grandes faraós; templos de rara beleza nos quais sacerdotes e sacerdotisas consagravam oferendas ao curioso panteão de deuses híbridos. E nada no mundo se compara às colossais pirâmides de Gizé.

Porém, não tenho tempo para dizer aqui tudo o que eu queria sobre o Egito, que considero, de alguma forma, minha pátria ancestral. Ainda mais porque já fiz isso nos meus diários regulares de viagem, embora muita coisa intrigante eu tenha deixado de fora daqueles escritos pelos mesmos motivos mencionados no começo destas memórias.

Salto logo para minha segunda viagem, na qual tive a oportunidade de percorrer o Egito em toda sua extensão navegando nas águas do rio Nilo. Época do meu primeiro encontro com a múmia de Sha-amun-em-su.

Tal viagem ao Egito se deu, como todos sabem, entre dezembro de 1876 e janeiro de 1877. Após ter percorrido todos os sítios arqueológicos que existem desde o Baixo até o Alto Nilo, registrando com detalhes minhas impressões sobre cada uma das maravilhas que encontrei pelo caminho, retornei ao Cairo, onde iria reencontrar meu amigo, o Quediva Ismail, vice-rei do Egito desde o início daquela década.

Foi logo depois de eu haver passado em Alexandria e discursado pela segunda vez no Instituto de Arqueologia do Egito, do qual sou membro honorário. No meu discurso, que intitulei "O vandalismo dos viajantes", alertei todos sobre os saques que estavam ocorrendo nos templos do Egito e sobre lamentáveis depredações que encontrara nos monumentos antigos, especialmente aqueles dedicados às divindades femininas, que pareciam ter sido impiedosamente golpeados a martelos. Deixei clara a necessidade de o governo do Egito gastar parte da soma de que dispõe na conservação daqueles monumentos, tão interessantes para o estudo do Alto Egito, e indiscutíveis registros da alma daquele povo.

Antes de partir, fiz, então, uma última visita ao Quediva Ismail, de quem sou admirador pela sua marcante dedicação ao engrandecimento do Egito, e naquela ocasião o presenteei com um livro sobre as coisas do Brasil. Fui surpreendido com um gesto de gentileza inesperado. Após agradecer a minha atenção à causa da preservação da cultura egípcia, levou-me a uma grande sala onde estavam guardadas inúmeras relíquias da antiguidade daquele país. Fiquei boquiaberto e o Quediva explicou que se tratava de objetos que haviam sido recentemente recuperados de saqueadores de túmulos. Para minha total surpresa, fez um gesto amplo e disse:

"Escolha um para Vossa Majestade."

Quis recusar. Afinal, havia discursado sobre a preservação do patrimônio egípcio. Defendi que deveriam tais objetos permanecer naquele país, guardados em museus para a visitação pública. Ele esperou que eu terminasse de falar e então argumentou que o tesouro estaria em boas mãos, que não tinha como armazenar milênios de história naquele momento, e pediu minha colaboração na guarda de pelo menos um dos objetos, como um presente e um pedaço do Egito que prezo tanto, mas também como modo de tornar conhecidos pelo mundo os costumes do país. Fui convencido, especialmente quando ele demonstrou que ficaria mui contrariado com uma nova recusa.

Saí andando pelo salão lentamente, passeando pelos corredores apertados, admirando estátuas, estatuetas, placas, amuletos, vasos sagrados, pedaços de sarcófagos com inscrições hieroglíficas. Pilhas e mais pilhas de objetos acumulados sem nenhum método. E... múmias. Dezenas delas, em seus sarcófagos de madeira revestidos com alabastro. Todos entreabertos, exibindo de forma assustadora os restos enfaixados de seus mortos.

Ou quase todos.

Havia num canto um esquife intacto, e ainda lacrado. Apressei os passos na sua direção. Era de uma mulher. Consegui decifrar a inscrição hieroglífica que dizia o nome da morta: "Os Campos Verdejantes de Amon", ou Sha-amun-em-su.

Parei defronte a ele e observei cada detalhe do maravilhoso ataúde colorido. O rosto é pintado na cor natural da pele e possui uma beleza angelical. A peruca azul mostra as asas amarelas de um abutre e fitas em amarelo e vermelho. No peito, a deusa Nut; entre as pernas os amuletos do deus Osíris, ladeado de deuses. A maior parte da decoração foi executada em verde-escuro, vermelho e amarelo sobre fundo branco. Abaixo de um colar elaborado, um pássaro com cabeça de carneiro estende suas asas sobre a tampa. Duas serpentes-ureus trazendo as coroas do Alto e Baixo Egito ladeiam as garras e a cauda do pássaro. Em frente de cada serpente, há dois dos filhos de Hórus.

Detive-me especialmente às inscrições de textos em hieróglifos para tentar descobrir um pouco mais sobre aquela belíssima dama. Usando o conhecimento que obtive estudando com meu amigo Heinrich Karl Brugsch, consegui decifrar alguma coisa. Li algo como: "Uma oferenda que o rei faz a Osíris, Chefe do Oeste, grande Deus, Senhor de Abidos – feita para a Cantora do Santuário, Sha-amun-em-su". Há ainda uma segunda faixa de texto em hieróglifo que diz: "Uma oferenda que o rei faz a Ptah-Sokar-Osíris, Senhor do Shetayet – feita para a Cantora do Santuário de Amun, Sha-amun-em-su".

Então ela era uma cantora do santuário de Amon, em Karnak. Fiquei fascinado e imediatamente me lembrei da visita que fizera dias atrás às ruínas daquele magnífico templo, o maior de todo o Egito. Fechei os olhos por um instante e meus pensamentos me fizeram imaginar uma cena em que aquela mulher, vestida em belíssimos trajes cerimoniais, entoava magníficas canções para o seu deus caminhando pela via de esfinges crinocéfalas, com cabeças de carneiro, representando Amon, e adentrando na sala das colunas, ou hipostilo.

Naquele breve estado de transe, alheio a tudo ao meu redor, pareceu-me acontecer algo estranho; e hoje sei que foi real. Senti-me como que puxado em direção ao sarcófago, como se existisse uma força magnética vinda dali, atraindo-me de forma quase imperceptível. Abri os olhos.

"Acho que fez sua escolha", era a voz do Quediva em árabe egípcio, bem ao meu lado.

Olhei para ele e sorri. Alguns meses depois atravessava o Atlântico de volta ao meu país. E comigo, num cantinho cuidadosamente arrumado no compartimento de carga do navio, seguia o precioso esquife.

E eu não sabia que levava comigo a minha própria morte.

# XVI

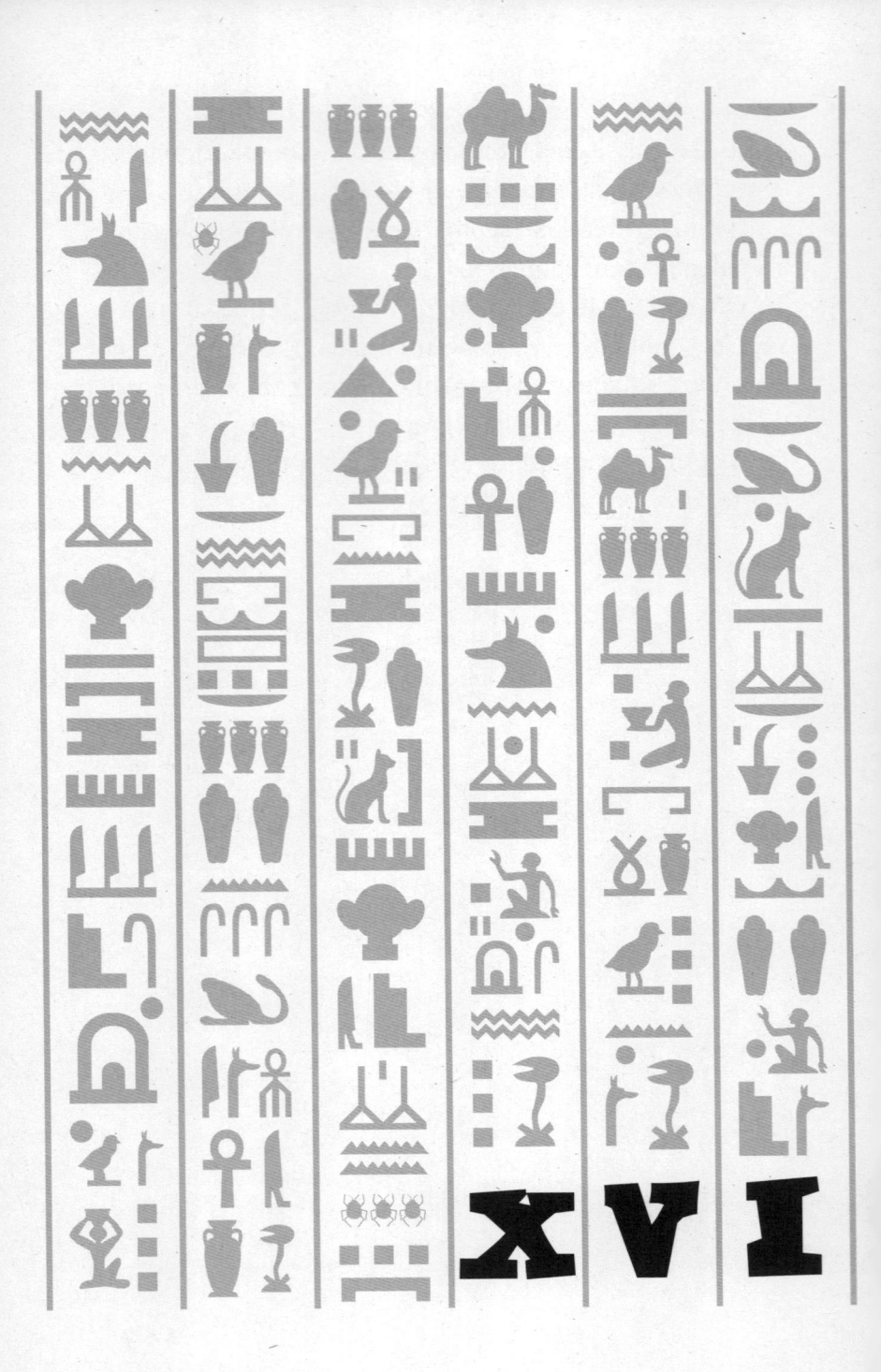

## PARIS, 3 DE DEZEMBRO DE 1891

Hoje estou bem mais disposto do que ontem. Falarei mais. E espero finalmente revelar o mistério de tudo isso.

Creio que no futuro muitos ouvirão falar de Sir Charles Camille Gaston Maspero. Hoje ele é um egiptólogo francês quase na meia-idade. Um homem astuto e corpulento, de Paris, que desde a juventude já se interessava pela intrigante escrita hieroglífica egípcia e chegava a produzir traduções em muito pouco tempo. Impressionou estudiosos do assunto. Em 1869 ele se tornou professor da Língua Egípcia e Arqueologia na École Pratique des Hautes Études, aqui em Paris, e em 1874 foi nomeado para a cadeira de Champollion no Collège de France.

Em novembro de 1880, o professor Maspero foi para o Egito como chefe de uma missão arqueológica enviado pelo governo francês. Isso ocorreu alguns meses antes da morte de Auguste Mariette, outro grande egiptólogo francês, que tive a honra de conhecer e o prazer de muito aprender nas minhas viagens passadas ao Velho Mundo, e a quem Maspero, em seguida, sucedeu como diretor geral de escavações e das antiguidades do Egito.

O professor Maspero sempre teve particular interesse em túmulos com inscrições longas. Sua busca por inscrições hieroglíficas completas é uma obsessão. A outra é o combate à exportação e ao comércio ilegal de antiguidades egípcias por exploradores inescrupulosos, causa com a qual também eu muito simpatizo.

Negociantes de antiguidades estavam roubando os monumentos. Uma das descobertas mais importantes veio de um furto da família Abd el-Rassul na margem oeste de Luxor. Dois irmãos foram presos. Em 1881, o aparecimento no mercado de pequenos e antigos objetos reais fez os policiais suspeitarem de uma grande descoberta. Dentro de poucos dias, um estoque espetacular de múmias reais na tumba 320 de Deir el-Bahari foi rapidamente transportado para o Museu do Cairo. Trabalho brilhante de Maspero. Que grande contribuição para a história da humanidade!

Em 1886, o professor Maspero voltou para a França e retomou as suas funções em Paris a partir de junho daquele ano. Em julho de 1887, durante minha terceira viagem a Paris, ele gentilmente ciceroneou-me na visita que fiz ao obelisco da Place de la Concorde. Explicou-me com detalhes como aquele monumento egípcio de 227 toneladas, com 23 metros de altura e 3.200 anos de história, foi parar no centro de Paris. Tinha sido um presente do vice-rei do Egito, Mahmet Ali, ao rei Carlos

X, durante o reinado de Luís Filipe, sogro de minha irmã, a mana Chica.

Para minha sorte, o professor Maspero está em Paris nesse momento; e foi ele quem, há pouco mais de uma semana, me fez entender o sentido daquela estranha revelação que me foi feita durante minha última sessão de sono magnético com o coronel Albert de Rochas.

Gentilmente, ele aceitou o meu convite e, considerando a urgência com que o relatei e o meu lamentável estado de saúde, poucas horas depois do meu angustiado apelo recebia eu o grande egiptólogo nos meus aposentos. Fiz todos se retirarem e ficamos a sós. Maspero olhava-me com um misto de curiosidade e, pareceu-me, pena. Após um acesso de tosse que me doeu o fundo do peito, ele quis se levantar para pedir ajuda. Rapidamente o tranquilizei com um gesto. Ajeitei-me na cama.

"São as consequências das minhas desventuras", disse-lhe, esboçando um sorriso que, acho, mais pareceu uma careta. E comecei: "O senhor deve estar estranhando muito esse inusitado chamado. Mas, acredite, poderá trazer o conforto de que necessito neste instante. Muitas coisas estão a atormentar minha alma, coisas misteriosas e assustadoras, e somente o senhor poderá me dar as respostas de que tanto necessito".

Ele me olhava com ainda mais curiosidade.

"Sinto que minha morte se aproxima e preciso compreender algumas questões que parecem interligadas, embora aparentemente sem nenhuma ligação."

E contei-lhe toda a história, desde o início: a primeira progressão hipnótica realizada pelo coronel Albert de Rochas, a previsão da minha morte violenta, o plano que executei para evitá-la, o misterioso homicida do Oriente Médio que cometeu suicídio com um escorpião do deserto, a tatuagem que trazia no dorso da mão, as misteriosas palavras que pronunciou repetidamente ao morrer, o meu envelhecimento rápido e precoce, a segunda sessão hipnótica sob os cuidados de Albert de Rochas e a estranha revelação durante aquele transe que relacionava tanto o atentado que sofri quanto o rápido decréscimo da minha saúde à múmia de Sha-amun-em-su.

Maspero pareceu-me boquiaberto, e se projetava mais e mais para a frente na poltrona à medida que escutava minha narrativa. Quando terminei, ele permaneceu alguns instantes refletindo. Escorou-se no espaldar.

"Inacreditável!", disse, por fim. "Se não estivesse ouvindo isto da própria boca de Vossa Majestade, não sei se daria crédito de imediato. Perdoe-me, e espero que o senhor compreenda; mas não é uma história comum. Já escutei algo semelhante, mas para mim tudo não passava de uma lenda..."

"Já sei, já sei", disse-lhe, meio impaciente. "Mas foi justamente pelo caráter incomum desses fatos que resolvi consultá-lo. O senhor é o maior egiptólogo vivo, um estudioso dos hieróglifos antigos, e talvez possa me ajudar a compreender toda essa situação."

"Agradeço a confiança de Vossa Majestade, e espero sinceramente ser de alguma serventia", ele disse, finalmente. E, após uma breve pausa de reflexão: "Muito bem. O senhor poderia repetir a frase dita pelo criminoso com a tatuagem do escorpião subjugando o escaravelho?"

"Ele disse algo como 'A vingança de Amen-Rá é terrível!' Não consigo compreender por que um antigo deus egípcio se vingaria de mim."

"Eu posso imaginar alguma coisa", disse Maspero. "O senhor disse que possui em seu gabinete uma múmia de uma sacerdotisa de Amon."

"Sim. Foi um presente do Quediva Ismail."

"Essa múmia está violada? Quero dizer, o esquife foi aberto?"

"Não. Não permiti que ninguém o fizesse. Fiz questão de conservá-la da forma como a recebi: dentro do seu caixão funerário, completamente selado."

"Talvez seja por isso...", disse Maspero, mais para si mesmo.

"Perdoe-me, eu não o escutei bem..."

"Majestade, talvez o homem não tenha procurado se vingar do senhor, e, sim, evitar uma vingança dos deuses antigos."

"Matando-me? E porquê?"

"Não estou bem certo. É apenas uma hipótese."

Minha apreensão cresceu a níveis insuportáveis.

"Fale logo, professor. Não tenho muito tempo." Sofri, então, mais uma dolorosa crise de tosse. Maspero levantou-se e veio até mim. Eu o tranquilizei e o fiz recuar à sua cadeira. Quando lhe assegurei que estava bem, ele falou:

"O senhor já ouviu falar de Sekhmet?"

Eu já tinha estudado o panteão de deuses egípcios e conhecia a história da terrível deusa da vingança. Segundo a lenda, Rá, deus do Sol e soberano do Egito, reinava em sua cidade Annu. Ele envelhecera. Seus membros eram de prata, a carne de ouro, as articulações de lápis-lazúli. Percebeu, então, que os homens que habitavam o vale e os desertos se tornavam arrogantes e insolentes e consideravam, mesmo, revoltarem-se contra ele. Rá reuniu seu conselho: Su, Tefnu, Gebeb, Nut, Nun e o Olho de Rá. "Permanece no teu posto", disseram-lhes os demais deuses, "pois grande é o temor que inspiras aos homens; basta que o teu olhar se volte contra eles para que todos pereçam". Os homens, porém, pressentindo o perigo, fugiram para as montanhas. E os deuses disseram a Rá: "Deixa que o teu Olho vá sozinho; que ele desça sob a forma de Hator-Sekhmet". O Olho se transformou na deusa Hator-Sekhmet, que desceu para as montanhas onde estavam os homens e durante muitas noites e muitos dias fez terrível carnificina. Rá assustou-se com a fúria sanguinária de Hator-Sekhmet. Já que a justiça fora cumprida, cumpria-lhe agora salvar o resto da humanidade. Como, porém, deter o braço feroz da cruel guerreira? Como apaziguar a sede de sangue que abrasava a deusa que já conhecia o sabor do sangue humano? Mandou Rá que se preparassem sete mil bilhas de licor inebriante, de cor vermelha, e que estas fossem derramadas no vale, que ficou cheio até quatro palmos de altura. O artifício deu resultado. A deusa bebeu do líquido achando que era sangue, e em tal quantidade que não distinguia nem os homens que junto dela se achavam. Então Rá chamou: "Vem em paz, graciosa deusa, vem!". E ela tornou a entrar no palácio dos deuses. Ao acordar, sua fúria havia passado e a terrível bebedora de sangue se transformara na gata Bastet, a deusa protetora do sexo, a bebedora de leite.

"Sim. Sekhmet, a deusa da vingança, que depois se tornou Bastet, a deusa do sexo", eu disse.

"E que pode se tornar novamente a deusa da vingança sempre que Rá a convocar para tanto." Maspero estava pensativo.

"Certo. Mas, insisto, o que posso eu ter feito para provocar a ira de um deus egípcio que só existe nos hieróglifos dos antigos tempos?"

"Ainda não fez. Acredito que o homem queria matar o senhor para evitar a consumação de um momento no futuro, que poderia abalar a supremacia dos deuses egípcios e provocar o retorno de Sekhmet, segundo sua crença."

Senti um calafrio. Mas aguardei com paciência os minutos de silêncio que se seguiram, durante os quais, aparentemente, Maspero realizava algumas conexões mentais. Finalmente ele falou:

"Como o senhor sabe, minha especialidade é o estudo de hieróglifos longos. Assim, posso dizer que conheço mais da cultura do Antigo Egito que qualquer outra pessoa dos tempos atuais, sem qualquer falsa modéstia." Ele falava com segurança. "Pois bem. Durante o período que passei no Egito fiz algumas escavações; e numa delas encontrei a tumba de um sacerdote da XXI Dinastia, do reinado de Amenemope, aquele mesmo faraó que escreveu as famosas instruções de como obter uma vida de sucesso."

Amenemope, um grande sábio do Antigo Egito, um verdadeiro filósofo. Seus ensinamentos servem de caminho para a felicidade, que é encontrada a partir do silêncio e da serenidade, segundo ele. Para o grande faraó, o silêncio é uma característica própria da serenidade. A serenidade é que permite o discernimento, o conhecimento de uma situação, das coisas, dos modos como nossa força vital e coração brigam diante de um desejo. Dizem alguns que seus ensinamentos teriam influenciado os provérbios do povo hebreu. Ou vice-versa. Lembro-me sempre de um dos seus conselhos: "Mais vale a pobreza na mão de Deus que a riqueza no celeiro. Mais vale pão com um coração feliz que riqueza com vexação".

Maspero prosseguiu: "Nas paredes da tumba era contada uma história muito curiosa e assustadora que teria acontecido durante o reinado anterior do faraó Smendes, cujo nome egípcio era Nesubanebdjed, que significa 'Brilhante é a forma de Rá – Escolhido por Rá'.

As origens familiares desse faraó são desconhecidas. Smendes começou por ser o vizir do norte do faraó Ramsés XI, último representante da XX Dinastia. Nessa condição, administrava a região do delta do Nilo ou Baixo Egito. Quando Ramsés XI faleceu, sem deixar herdeiros, Smendes declarou-se rei. Casou-se com uma filha de Ramsés XI, a bela Tentamon, o que certamente legitimou o seu poder, e mudou a capital do Egito para a cidade de Tânis.

"Conta a lenda que o amor de Smendes por Tentamon era tão grande que, tendo ela falecido prematuramente e muito jovem, após a cerimônia de mumificação da esposa, que durou muitos dias, o faraó se recusou a sepultá-la, e manteve o sarcófago consigo, no seu aposento real.

"Smendes havia encontrado uma pedra caída do céu, que acreditava ter escapado do território sagrado dos deuses. Ela tinha um inacreditável poder de cura. O faraó teve em sonho a revelação de que aquela pedra ressuscitaria Tentamon dos mortos. Com parte dela mandou esculpir o escaravelho, que colocou sobre o peito da sua amada morta, e cercou o corpo mumificado com os demais pedaços. Permaneceu aguardando, velando o sarcófago diariamente, por anos a fio.

"Após quinze anos, era visível a todos o envelhecimento rápido e misterioso do faraó, que pouco realizou em seu governo a não ser algumas obras de manutenção nos grandes templos.

"Numa certa noite, ouviu-se um som forte e aterrorizante, que abalou até mesmo as construções mais sólidas de Tânis. Era Sekhmet, que retornara à terra para mais uma vingança de Rá, e naquela noite uma terrível epidemia se alastrou por todo o Egito, espalhando terror e morte. Grande parte dos habitantes da cidade-capital foi dizimada, em meio a gritos de sofrimento e medo. O faraó também pereceu. Todavia, sua múmia, pelo que sei, jamais foi encontrada."

Parte daquela história de repente pareceu-me familiar.

"O que poderia, então, ter acontecido com o faraó?", perguntei, não me contendo.

"Diz a inscrição que o deus Rá, furioso com a atitude de Smendes, que utilizou a pedra sagrada para tentar ressuscitar Tentamon, além de ter liberado Sekhmet para abalar o poder do faraó dizimando seus súditos, também o amaldiçoou com o oposto do que ele pretendia: o ressuscitou para uma vida sem fim neste mundo, castigando-o, pois jamais voltaria a reencontrar sua amada no mundo dos mortos."

Maspero fez uma pausa e completou, com semblante soturno: "Smendes está condenado, e vaga pelo mundo até hoje, atormentado com sua solidão eterna".

Senti realmente um calafrio. Embora tudo fosse uma lenda, não consigo imaginar castigo pior do que uma existência solitária sem fim.

"Agora, uma informação curiosa sobre o assassino que atentou contra a vida de Vossa Majestade", disse Maspero, antes que eu o interrompesse de novo.

"Depois da terrível epidemia que dizimou grande parte da população do Egito naqueles dias, os sobreviventes choraram seus mortos, mumificaram as pessoas importantes e de posses, além dos sacerdotes, e sepultaram em valas os demais. Um desses sobreviventes, conselheiro do rei Smendes, diante do horror da cena que presenciou e presumindo o que a teria causado, criou uma sociedade secreta que sobreviveu aos séculos e milênios, cuja única finalidade é impedir a volta da deusa Sekhmet. Para isso, procuraram evitar que qualquer outra pessoa fizesse o mesmo que o faraó Smendes, ou seja, conviver proximamente e durante muitos anos com múmias ou sarcófagos invioladas, que poderiam conter parte da pedra sagrada perdida na forma de amuleto do escaravelho. Ao longo do tempo, violaram inúmeros túmulos e retiravam o escaravelho de pedra que costumeiramente era colocado sobre o peito do corpo mumificado. Daí, vinham os ladrões, que não tinham tão nobre intento, e, como verdadeiros abutres aproveitadores, saqueavam as preciosidades das tumbas."

Maspero olhou para mim com uma expressão séria e concluiu: "Os membros dessa sociedade secreta são identificados através da tatuagem de um escorpião matando um escaravelho".

"Agora tudo começa a fazer sentido", falei, admirado com todas aquelas informações fascinantes. "Lenda ou não, esses homens criaram uma tradição que se perpetuou no tempo. Não podiam deixar que a ira da deusa Sekhmet retornasse ao mundo dos homens. Incrível!"

"Isso mesmo, M. Pedro. Acho que podemos deduzir o resto. A sociedade acompanha de perto as escavações e descobertas de novos túmulos através dos tempos e, disfarçadamente, seus membros procuram estimular a violação dos esquifes, afastando, assim, qualquer possibilidade de nova vingança de Sekhmet. Certamente souberam que a múmia da sacerdotisa de Amon, doada a Vossa Majestade pelo Quediva, permanecia incólume, e, pior, o senhor a mantinha próxima de si, como alguém da família, alimentando-a com seu fluido vital. Devem ter decidido acompanhar de longe a situação. Como perceberam com o passar dos anos o rápido envelhecimento de Vossa Majestade, imaginaram que o escaravelho da múmia era, de algum modo, parte da mesma pedra misteriosa vinda dos céus. Devem ter tentado invadir o vosso palácio para tentar roubá-la ou algo parecido. Como não obtiveram êxito, tentaram assassinar o senhor numa atitude desesperada com o objetivo de interromper a sequência dos fatos. Certamente após sua morte a múmia seria violada por alguém, ou mesmo levada para algum depósito ou museu, e perderia o vínculo com um ser humano, afastando de vez o perigo."

Eu o olhava estupefato. Minha mente racional procurava a muito custo compreender tudo aquilo.

"Como o professor ficou sabendo dessa tal sociedade secreta?", indaguei, finalmente.

"Como diretor geral das escavações no Egito, e combatendo a exploração ilegal dos túmulos, fiquei sabendo de muitas coisas. Algumas delas jamais poderão ser reveladas para o mundo. Relutei em contar esses fatos a Vossa Majestade, mas senti que deveria, por tudo o que já passou e agora passa. Porém, peço que mantenha segredo, por enquanto."

"É tudo tão fantástico que eu não ousaria contar a ninguém; e, mesmo que contasse, não acreditariam em mim. Deduziriam que se trata de devaneios de um velho tolo, amargurado com a vida e já derrapando na sanidade mental."

O professor Maspero mais uma vez me olhou com aquele dispensável olhar de pena.

XVII

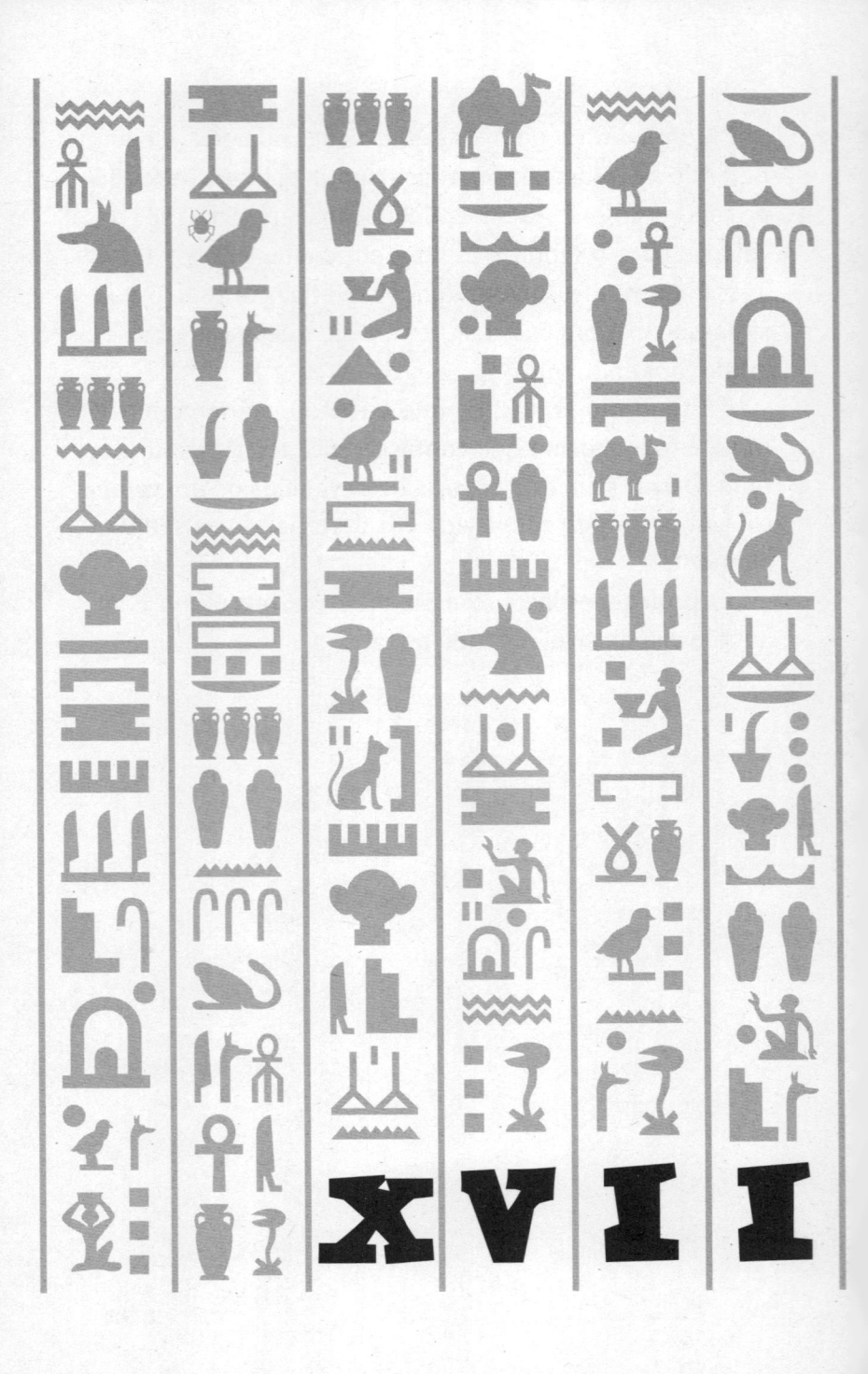

## PARIS, 4 DE DEZEMBRO DE 1891

Estas serão as minhas anotações finais. Sinto que a hora se aproxima. Quase tudo o que importava já foi dito, e o leitor curioso que ora se debruça sobre estes escritos sombrios certamente estará sentindo também o mesmo estranhamento que me acompanhou nestes últimos dias de minha vida.

Quase não consigo mais falar. Meu velho pulmão está sufocado. A respiração me é tão penosa que gasto nela todas as minhas forças. Somente pela paciência do meu velho e bom amigo Seybold consigo expressar estas últimas e necessárias linhas.

A minha relação com Sha-amun-em-su sempre fora especial. Na verdade, senti-me escolhido por ela desde aquele primeiro contato no grande depósito do Quediva Ismail.

Chegando ao Brasil, entre olhares curiosos e temerosos, coloquei seu esquife no meu gabinete pessoal, bem ao lado da escrivaninha, de pé. Passava ali horas examinando os detalhes graciosos da arte estampada naquela milenar urna funerária, e muitas vezes me pegava pedindo conselhos em voz alta à múmia da sacerdotisa.

Realmente senti que em algumas dessas ocasiões era observado de forma oculta e maligna. Imaginava algum morador ou membro servil do palácio. Estaria enganado?

Mas a verdade era que aquela atitude excêntrica me fazia, de certo modo, mais respeitado ou temido, como se tivesse realmente o poder de falar com os mortos. E o mais curioso era que eu a escutava. Isso mesmo... Agora posso falar, pois aqui trato do inusitado, dos episódios fantásticos que permearam minha vida, sem o temor de ser tachado de louco. Ou, se for, já não mais estarei neste mundo.

Pois bem. Como estava dizendo, eu a escutava. Ou melhor, eu a escutei muitas vezes. Funcionava desse jeito: quando um problema sério do governo ou mesmo pessoal me tomava o coração e a mente, consumindo minhas energias de forma inútil sem que a solução me socorresse, vinha-me de forma intuitiva a ideia de me postar diante do esquife. Ato contínuo, concentrava-me por alguns minutos nos olhos do gracioso rosto pintado, e formulava em voz alta a questão que me atormentava, pedindo uma solução. Fazia isso uma vez em voz alta, para ouvir minha própria voz, mas no pensamento repetia a questão dezenas de vezes, até sentir que deveria parar. Naquele instante eu fechava os olhos, respirava profundamente e deixava minha mente livre de qualquer pensamento. Segundos ou minutos depois eu escutava a resposta! Uma voz suave, feminina, envolvente. Uma voz que não era deste mundo. Não sei se me faço compreender, mas não importa. Que fique claro. Eu realmente a escutava. Não era mera impressão!

Se era uma alucinação auditiva durante um transe, ou mesmo o início de perturbação mental, eu já não sei; nem procurei encontrar explicações científicas para aquele inusitado fenômeno. O fato era que a voz ressoava nos meus ouvidos e me percorria como uma onda vibratória, fazendo-me estremecer.

Todas as vezes que eu segui a orientação de Sha-amun-em-su, tomei decisões que mais tarde se mostraram acertadas. Nas vezes em que duvidei, achando por demais esdrúxula sua resposta, e não segui o conselho que me fora transmitido naquelas ocasiões, as coisas não foram bem, e resultaram em alguns erros que posteriormente custaram-me o próprio império. Aprendi a respeitar as sugestões da conselheira milenar, e tudo aquilo fazia com que minha estima pela múmia da sacerdotisa somente aumentasse.

Certa vez, em 1881, fui chamado à razão quando pretendia levá-la comigo numa viagem pelas Minas Gerais. Fui convencido do contrário. Meus acompanhantes vivos mais próximos não se sentiam confortáveis com a ideia de conduzirem o soturno objeto, e naquele momento percebi a inapropriação da minha atitude: poderiam, sim, duvidar da minha sanidade, rompendo o frágil equilíbrio que mantinha a união do extenso território brasileiro e o governo imperial, que começava e ser abalado com a questão dos militares. Por amor à pátria, deixei Sha-amun-em-su no meu gabinete. Naquela viagem, coincidência ou não, não fui bem: tomado por uma onda de azar, caí do cavalo por duas vezes. Quase morri.

Sentia em meu íntimo, e cada vez mais crescente, uma dependência da proximidade da múmia. Porém, ao mesmo tempo que me achava mais confiante e seguro na companhia do misterioso esquife funerário, via com alarme minha saúde declinar mais e mais, acometido de doenças terríveis que tornaram ainda mais penosa minha existência. Passei a sofrer de diabetes e febres palustres. Em 26 de fevereiro de 1887, enquanto assistia a uma peça de teatro em Petrópolis, passei mal em público. Sofri subitamente um ataque febril, com calafrios e vômitos. Minha vitalidade se deteriorava. Meu corpo envelhecia rapidamente, e minha aparência se tornava a de um velho centenário, embora ainda com pouco mais de cinco décadas de existência. E tudo era um mistério para mim. Tinha a assistência dos melhores médicos do mundo, mas isso parecia não fazer nenhuma diferença.

O mais estranho foi que, agora percebo claramente, tornei-me um fatalista, coisa que nunca tinha sido. A morte parecia-me natural e presente. Passei a aguardá-la. Às vezes a desejava, a cortejava, e me impacientava com a demora. Perdi ainda mais o interesse pelas questões de governo, e procurava alento de forma até desesperada nos estudos, leituras e viagens. Somente às vezes surtia algum resultado.

A visão de um terrível abismo passou a atormentar minhas noites. Tornou-se um pesadelo recorrente, pelo menos uma vez por semana. Dele emergem estranhas figuras com cabeças de animais, alguns parecidos com a descrição dos seres supostamente avistados por Albert de Rochas durante aquele instante que chamou de abdução. Eu despertava subitamente, com calafrios, encharcado de suor e medo. Nada disse, a ninguém. Tudo era colocado na conta das doenças, e isso parecia natural aos meus cuidadores.

Porém, hoje não me atrevo a negar que tudo aquilo tinha alguma relação com a múmia de Sha-amun-em-su.

E maldigo a hora em que a coloquei junto de mim.

Ontem, a noite foi terrível! Não sei como explicar o que vivi, a visão horrível que tive, e que me atormenta até agora. Mas não posso deixar de relatar. Não posso. Eu preciso. Eu preciso avisar

"Somente para registro: Sua Majestade Dom Pedro de Alcântara acaba de falecer. Agora, são meia-noite e meia do dia 5 de dezembro de 1891.

Que Deus lhe dê merecido descanso.

Fritz Seybold."

# XVIII

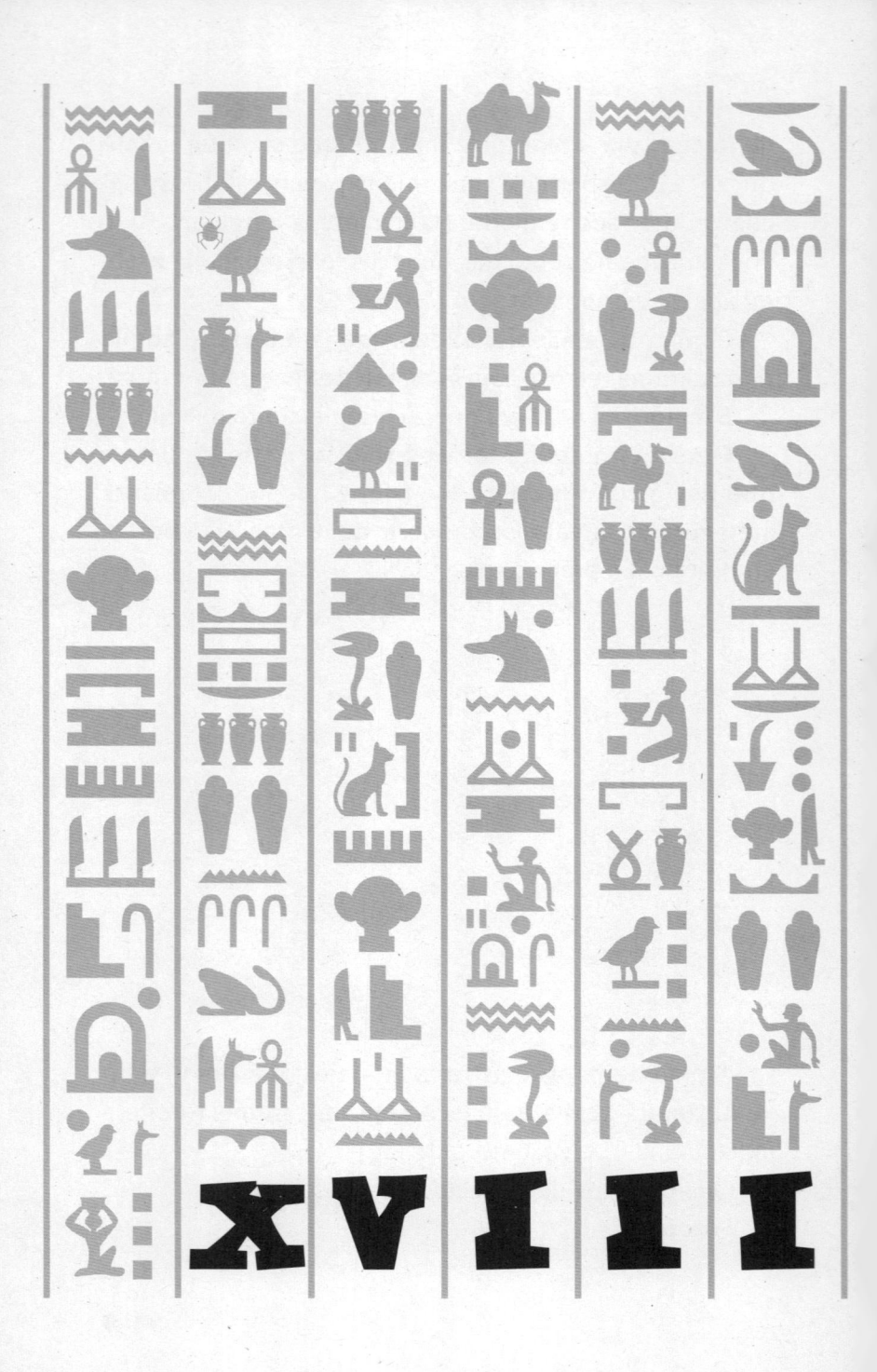

**ERAM EXATAMENTE 19H37** daquele início de noite de sábado quando a leitura do manuscrito foi concluída, e fazia já uns dez minutos que Cristóvão e Elise estavam ali, estáticos, sem palavras, o olhar fixo, perdido no infinito. Aquelas palavras finais tinham despertado um sentimento misto de terror e perplexidade em ambos. Uma inquietação estranha tomava conta dos dois.

Foi Cristóvão quem quebrou o clima de tensão.

– O que você acha?

Elise o encarou. Havia medo em seus olhos.

– Não sei... Parece tão surreal... Que visão o apavorou tanto? O que será que ele queria avisar?

Um longo silêncio. Finalmente ela falou:

– Mas há um certo sentido em tudo. Embora já idoso, pode-se dizer que ele morreu cedo... E parecia muito, muito mais velho do que a idade que realmente tinha...

Ela foi até o computador, digitou alguma coisa e mostrou a Cristóvão uma fotografia em preto e branco de um velho vestido em fardão militar, deitado em seu leito de morte, a longa barba branca cobrindo o peito, colada artificialmente ao rosto; o cabelo alvo ralo, a pele coberta de manchas senis.

– Veja...

– Incrível... E ele tinha acabado de completar 66 anos! Elise admirava a fotografia com uma expressão de pesar.

– O que será que ele pretendia avisar? – ela perguntou pensativa.

– Era algo que realmente o perturbou nos seus últimos instantes. Algo ligado àquela múmia...

– Talvez... Ou a outra coisa... Visões terríveis de seres de outro mundo... Alucinações insanas... Quem vai saber? Ninguém mais...

Cristóvão sentiu um calafrio.

– A múmia... Ela ainda está no Museu Nacional, não? – Elise perguntou.

– Claro! Mas confesso que nunca cheguei muito perto. Continua sendo um dos itens mais visitados do museu. – O rapaz ficou pensativo. – E está carregada de energia... – disse, mais para si mesmo.

– O que você falou?

– Nada. Nada importante. Apenas um devaneio.

– Pena eu não poder visitá-la. Voltarei para Brasília amanhã à noite...

– Mas já? Por que tão rápido? Você não ficaria nem se eu implorasse?

Ela riu, dando um tapinha no braço do rapaz.

– Ora, Cris, deixe de drama! O mundo é muito pequeno hoje em dia. E se você quiser... Poderemos nos ver sempre.

Ele a abraçou.

– Não vou mais lhe dar sossego – disse ele. – Darei um jeito de a gente se encontrar logo.

– Assim espero! – ela disse, divertida, em tom de advertência. – Estou de viagem para o Oriente ainda esta semana. Eu já te falei?

– Não!

– Pois é. Meu doutorado. Tenho que ver algumas coisinhas na Malásia.

– Mas tão longe?! Não tinha lugar mais perto?

– Coisa da minha orientadora. Ela é de lá, e insistiu muito para que eu focasse ali meus estudos. Olha, Cris, não vou demorar. – Os olhos dela brilharam. – A antiga civilização do Extremo Oriente me fascina desde a faculdade. Essa mistura de história, filosofia e misticismo... ela é única no mundo. Uma diversidade de culturas, muito pouco estudadas no Ocidente. Daí também a minha escolha. E, além disso, as paisagens são belíssimas! De tirar o fôlego! Kuala Lumpur é meu alvo principal. Depois, na volta, um congresso de dois dias em Pequim. Oportunidade única de encontrar as maiores autoridades do assunto, todas reunidas num só lugar!

– Pelo menos estará aqui na Copa do Mundo?

– Claro! – Ela riu. – Ainda faltam três meses, Cris. Voltarei em apenas quinze dias. E na Copa estarei aqui no Rio. Veremos juntos a final no Maracanã. Brasil e França. Com certeza!

Naquele momento a brisa quente ainda circulava pelo apartamento. Lá de fora o barulho das ruas não diminuía, sinalizando o final de uma tarde de sábado atípica. O intrigante assunto retornou à tona.

– Mas que coisa, hein? O destino dele estava ligado ao sarcófago. Escapou do atentado, mas sua energia foi sendo sugada pela múmia. – Com a mão esquerda ele afagava o cabelo da moça, que deitara a cabeça em seu colo. Ficaram naquela posição algum tempo, silenciosos e pensativos. Ela finalmente virou o pescoço e o encarou, franzindo o cenho.

– Você acredita mesmo nisso?

– E por que duvidar? D. Pedro parecia muito convencido.

– É, mas veja o estado dele nos últimos dias de vida. Poderia não estar em seu perfeito juízo.

– Você, Elise. Sempre vendo os fatos com a crueza da razão. Uma cientista!

– É o que sou. – Ela sorriu. – Uma cientista da história. Para mim, fatos são aqueles que se provam em evidências. Evidências sérias, é bom que se diga. Nada de fantasmas do outro mundo, lendas ou alucinações.

– E ele historicamente apresentou algum sinal de insanidade quando estava perto da morte?

– Aí é que está. Pra falar a verdade, não. Segundo os registros históricos, D. Pedro II permaneceu lúcido até o fim.

– Está vendo? E não se esqueça de que ele envelheceu muito rapidamente...

– Isso é verdade. Mas foram as doenças, Cris. – Ela se ergueu. – E as preocupações do governo. Você já reparou como presidentes geralmente tomam posse de cabelos escuros e entregam o cargo ao sucessor bem grisalhos? Imagine governar um país imenso como o Brasil por mais de meio século, controlando revoluções, lidando com homens gananciosos e sedentos de poder, evitando a ação de corruptos, administrando a vaidade de oficiais militares e conciliando o conflito entre escravagistas e abolicionistas. Isso sem causar transtornos e ainda investindo no crescimento científico do país, sem gostar do poder e de holofotes! Não há quem possa suportar toda essa carga sem as pesadas consequências para a saúde. Tudo isso torna Dom Pedro II digno de toda admiração. Foi realmente um grande homem. A ele é que devemos a união desse imenso país. Ou seríamos hoje um monte de republiquetas briguentas.

– É... Mas essa ideia de ele ter alimentado a múmia por mais de dez anos com sua energia vital me deixou muito impressionado. E tem também a tentativa de assassinato. O homem com as tatuagens.

– Isso é verdade. Não acredito que o imperador estivesse alucinando a esse respeito.

– Mas, se foi assim, isso não dá credibilidade à história da múmia?

– Para mim não é suficiente, Cris. Você sabe que existem fanáticos por aí capazes de coisas terríveis. Uma seita milenar... isso é possível. E com a finalidade de evitar algum mal maior... também acredito que possa existir. Mas a origem dessa crença fanática foi uma lenda. Não há nada que sustente a história da vingança de um velho deus egípcio. Você sabe que tais deuses não existem.

Apenas fazem parte da cultura e da crença daquela civilização fascinante.

– Talvez... Mas há boas teorias sobre deuses astronautas. Seres extraterrestres que apareceram aos antigos e foram recebidos como deuses. Essa lenda do faraó pode muito bem ter explicações racionais nessas teorias científicas.

– Pseudocientíficas! – Elise o corrigiu. – Mais uma vez, não há evidências sérias de que homenzinhos do espaço estiveram por aqui. São apenas suposições criativas de autores que querem vender livros. Só você mesmo, Cristóvão!

– Mas você não pode negar que desde o início da civilização a humanidade tem creditado suas origens aos deuses ou a seres das estrelas. Há provas que remontam a milhares de anos, em todos os continentes, pelas histórias repetidas de mitos e registros em pedra, de deuses e divindades descidas do céu. A prova está em nossa volta, Elise. As pirâmides de Gizé, por exemplo, possuem o mesmo alinhamento da constelação conhecida como "As Três Marias", o cinturão de Órion. Por que isso? E como foram construídas? Como foram movidos aqueles gigantescos blocos de pedra que pesam mais de cinco toneladas? Você sabia que foi encontrado na região da antiga Suméria um selo de pedra com 4.500 anos que apresenta o desenho do nosso sistema solar com o sol no centro? Como? Se somente muitos milênios depois, com Galileu e Copérnico, se descobriu isso? De que outra forma os antigos saberiam disso se alguém não tivesse visto tudo lá de cima e dito a eles? Os dogons, um povo aparentemente inculto da África, têm uma mitologia sofisticadíssima baseada na estrela Sirius e conhecimentos ancestrais sobre ela ser binária, sua rotação, a possibilidade de haver uma terceira estrela, que confundiram os especialistas e estudiosos atuais. Como um povo da África aparentemente inculto poderia ter tão sofisticado conhecimento sobre Sirius se somente no século XIX os estudiosos com seus telescópios descobriram algumas dessas coisas? Em todo o mundo as culturas antigas têm contado histórias de deuses que desceram de sistemas estelares específicos. Os maias associam seus deuses ao aglomerado estelar Plêiades, assim como fez uma tribo de índios nativos americanos, os *hopi*, a centenas de quilômetros de distância. Os antigos egípcios acreditavam que os seus deuses vieram da estrela Sirius. Lá você tinha, por exemplo, Osíris, que veio de Órion. Osíris era casado com Ísis. Ísis veio da estrela Sirius. Esses extraterrestres chamados deuses apontavam para o céu e diziam: "Olhem, aquela é a nossa casa".

— Acho que você está vendo muito *Stargate*! — Ela riu, divertida.

— Você é mesmo muito difícil, hein? Parece aquele personagem da *Escolinha do Professor Raimundo*. Como era que ele dizia mesmo? "Não me venha com chorumelas!"

Elise riu novamente. Um riso cristalino que encantou o rapaz. Mas Cristóvão insistiu no tema. Estava fascinado com a narrativa do imperador. Perguntou sério:

— E quanto ao faraó? Você acredita que ele esteja mesmo vagando pelo mundo ainda vivo, como se fosse uma alma penada, até hoje?

Elise não se conteve e soltou mais uma risada gostosa, se contorcendo no sofá.

— Para com isso, Cristóvão. Você está parecendo uma criança assustada!

Ele mudou de expressão. Sorriu e brincou com o que disse. Mas no fundo não conseguia deixar de acreditar ao menos um pouquinho nessas coisas estranhas. Era da sua natureza. Tinha sido assim com lobisomens e o bicho-papão. Somente na adolescência foi convencido de que *poderiam* não existir.

— Uma múmia... — Ele não resistiu. — Uma sacerdotisa de Amon. Existe uma estranha teoria sobre o afundamento do *Titanic*, você sabia? Dizem que o transatlântico transportava a múmia de uma sacerdotisa de Amon na cabine do comandante. Para alguns, foi a maldição que afundou o barco. Outros insinuam que uma espécie de radiação emitida pelo sarcófago desorientou os instrumentos do navio, fazendo-o se chocar com o tal iceberg.

— Conheço essa lenda, Cris. Mas essa história fascinante não passa disso: uma lenda bem intrigante. Na verdade, a tal múmia ainda hoje está no museu de Londres, e, pelo que se sabe, não causa mal algum. Alguns jornais do começo do século realmente andaram publicando matérias sobre mortes misteriosas e visões terríveis, ligando-as a uma suposta maldição dessa múmia. Mas era só para vender jornais. Assim como na maldição de Tutankamon. Como a cobertura jornalística da grande descoberta arqueológica, sem dúvida a maior do século XX, foi vendida a apenas um jornal, os outros se aproveitaram da morte quase imediata de pessoas envolvidas na descoberta da tumba do rei menino para espalharem o boato de uma suposta maldição. Nada que não pudesse ser explicado pela biologia. Perigosos fungos milenares pairando no ar viciado da tumba lacrada. Ambiente insalubre e perigoso para quem não usou proteção.

– Será?... – Ele franziu a testa.

Naquele instante ouviu-se um pequeno ruído. Elise se levantou rapidamente, abriu sua bolsa, que estava na mesinha de centro, e tirou dali o seu smartphone.

– É uma mensagem de Ana Cláudia. Pergunta se ainda estamos vivos.

Riram juntos.

– Quer saber se vamos mesmo sair. Por mim, tudo bem. O que você acha?

– Nós prometemos, não foi? Mas, por mim, ficávamos aqui... E repetiríamos tudo!

– Quem sabe o que ainda pode acontecer? Como disse o Alexandre, a noite é uma criança. E amanhã é domingo. Praia, sol, Carnaval e fim de tarde por aqui. O que você acha?

Ele se levantou de um salto e a abraçou por trás.

– É um presente dos deuses! Ou melhor, da minha deusa do amor.

Beijou o pescoço retilíneo da morena.

– Ela está passando por aqui e perguntou se quero carona. – Elise ainda mirava a tela luminosa do aparelho. – Acho que vou aceitar. Preciso trocar essa roupa e me produzir um pouco...

– Você fica linda de qualquer maneira!

Ela se virou e os dois se beijaram. Elise tentou sair, mas foi puxada por Cristóvão, que repetiu a carícia e depois sussurrou:

– Obrigado por este dia maravilhoso!

– Esperei por isso milhares de anos – ela disse, com um sorriso enigmático. – Fui!

Com um beijo rápido nos lábios e o seu mais encantador sorriso, desapareceu, fechando a porta atrás de si.

※ ※ ※

Cristóvão estava de olhos vidrados na tela do computador.

Impressionado com a incrível história cuja leitura acabara de compartilhar com Elise, assim que ela deixou o seu apartamento resolveu pesquisar fatos que pudessem confirmar algumas daquelas informações assustadoras.

Tinha colocado no site de busca palavras relacionadas a epidemias no Antigo Egito, e se deparou com uma notícia curiosa.

Em 1981, durante escavações na cidade de Tebas, no Egito, foram encontradas 44 múmias bem preservadas. Elas tinham algo em comum: apresentavam destruição e sínfises de vértebras compatíveis com o mal de Pott, uma espécie de tuberculose extrapulmonar em que a coluna é afetada. Uma das múmias tinha o pulmão preservado, com lesões pleuropulmonares e sangue na traqueia. Elas foram datadas da 21ª dinastia do Egito. Cristóvão conferiu nervosamente no manuscrito. Era exatamente o período em que teria acontecido a lenda do faraó Smendes! A terrível vingança da deusa Sekhmet parecia encontrar agora evidências históricas. Empolgado, marcou as páginas como favoritas para exibi-las depois a Elise.

Nada achou sobre a sociedade do escorpião. Também pudera. Era uma sociedade secreta e muito local. Não se poderia esperar muito das pesquisas.

Ansioso, digitou, então, o nome do faraó Smendes no site de buscas, e confirmou todas as informações registradas no manuscrito. Além disso, o rapaz apurou que o dito faraó realmente iniciou a 21ª dinastia egípcia, e, quando assumiu o trono, transferiu a capital do Egito de Pi-Ramsés para Tânis. Na sua época, o país não se encontrava unificado. Smendes exercia sua soberania apenas sobre o norte. No sul governavam os sumo-sacerdotes de Amon, que, apesar de aceitarem teoricamente a soberania de Smendes, eram, na prática, os governantes naquela região do país. O legado de monumentos deixado pelo faraó é realmente escasso, como dito no manuscrito. Seu nome é mencionado num clássico da literatura do Antigo Egito, *A Desventura de Uenamon*. Essa obra relata as aventuras do funcionário tebano homônimo na sua viagem até o Líbano para obter madeira de cedro. Apesar das vicissitudes, o objetivo é alcançado, sendo Uenamon recompensado por Smendes.

Mas havia uma informação que realmente perturbou o rapaz.

O túmulo do faraó Smendes foi localizado em Tânis. Arqueólogos encontraram ali apenas dois vasos canopos utilizados no seu ritual de mumificação para guardar as vísceras, os órgãos e o cérebro do morto.

Quanto à múmia, ela não estava lá.

※ ※ ※

O resto do fim de semana passou como um relâmpago para Cristóvão, que tentou registrar na memória cada minuto seu na companhia de Elise.

Na noite de sábado, Alexandre e Ana Cláudia levaram o casal ao show de um artista pop que tinha estourado na internet e nas paradas radiofônicas. Elise se mostrou uma fã ardorosa, e parecia enlouquecida próxima ao palco. Insistiu para subir nos ombros de Cristóvão, que, sentindo-se estranha e subitamente cansado, convenceu a moça de que seria mais romântico se permanecessem juntinhos. Ele realmente sofreu para acompanhar a disposição da amada, mas se saiu bem aos olhos dela.

Alexandre e Ana Cláudia também estavam felizes com os amigos. Sabiam da paixão entre ambos, sacrificada até então pelas vicissitudes da vida. Agora riam com os dois parecendo adolescentes, desesperados para tirarem o atraso de tantos anos.

Uma noite memorável.

Era fim da madrugada quando o novo casal de namorados foi deixado pelos amigos no apartamento de Cristóvão.

E eles terminaram a noite exatamente como tinham imaginado.

♛ ♛ ♛

No meio da manhã, Cristóvão foi acordado com vigor por Elise. Ela queria aproveitar o sol naquele último dia em solo carioca. Desde a adolescência não frequentava as belíssimas praias do Rio de Janeiro, e ansiava por sentir novamente aquela energia sensual, o frenesi da areia quente lotada.

Ao se levantar da cama, porém, o rapaz sentiu uma forte tontura. Rapidamente simulou fazer corpo mole para sair do quarto. Sentiu-se esgotado, e não foi pelo esforço extra que fizera no final da noite. Era uma sensação diferente, uma indisposição estranha e acompanhada de um aperto incômodo na região abdominal.

Ele disfarçou e foi ao banheiro. Apertou a barriga como fazem os médicos procurando sinais de doença. Sentiu uma dor aguda tão forte que lacrimejou. Abriu o armário do espelho e encontrou uma cartela de analgésicos. Tomou dois comprimidos. Sentou-se na tampa do vaso sanitário e aguardou alguns minutos. Distendeu o abdômen. Sentiu pouco a pouco a dor diminuir. Mas ela não parou completamente. Apenas se tornou suportável. Levantou-se quando ouviu a voz de Elise perguntando se estava tudo bem. Respondeu que sim e tomou uma chuveirada.

Saiu do banheiro procurando disfarçar a leve dor incômoda que ainda sentia. Não conseguiu.

– Você não me parece bem... – Elise o olhava com preocupação.

– Acho que é alguma indisposição alimentar. Aqueles tira-gostos de ontem à noite. Não sei como o Alexandre aguenta!

– Tem certeza de que é só isso?

– Claro! Já tomei um remédio. Daqui a alguns minutos estarei melhor. Enquanto isso, vá se preparando para a praia!

Ela sorriu aliviada. Vestiu um biquíni minúsculo e se demorou passando protetor solar por todo o corpo. Cristóvão brincou, enquanto a admirava fazendo aquilo:

– Pra que isso tudo? Você já possui proteção natural. Essa sua pele linda não tem medo do sol.

– Mas eu tenho. É melhor prevenir. O câncer de pele é o mais comum no Brasil, sabia?

– Aí está um paradoxo. O protetor solar evita o câncer de pele, mas impede a formação da vitamina D, que é uma verdadeira blindagem contra o próprio câncer.

– Você tem razão. Hoje não sabemos mais o que é melhor. Mas, por via das dúvidas, prefiro não arriscar. Tive um tio que faleceu com essa doença horrível. E ele tinha a pele assim, morena, igual a minha. Ei, que tal uma ajudinha aqui? – Ela fez sinal com o polegar para as costas.

※ ※ ※

O Aeroporto Internacional Tom Jobim parecia estranhamente vazio naquela noite de domingo. Era algo incomum. O largo setor de despacho de bagagens lembrava um galpão abandonado. Elise caminhava em passos rápidos, o som do sapato ressoando em meio ao inusitado sossego do lugar. Ao seu lado, Cristóvão conduzia o carrinho de bagagem.

– Puxa vida! Quase perco o voo!

Ela estava aliviada por ter chegado a tempo. Tinham prolongado a tarde no apartamento de Cristóvão, e, quando vinham, o trânsito parou numa avenida em razão de um triste acidente. Um Camaro em alta velocidade, dirigido por um homem embriagado, atravessara um sinal fechado e atingira em cheio uma minivan que levava uma família inteira. O motorista e o filho de apenas 7 anos de idade, que vinha no banco de trás do mesmo lado, morreram no local. A mãe e outros dois filhos foram levados ao hospital. Uma das crianças, uma menininha, em estado muito grave. Elise estava nervosa e abalada com a cena horrível.

– Que forma triste de terminar um fim de semana maravilhoso! – disse, enquanto entrava na fila do despacho de bagagens. – Não sei se conseguirei dormir hoje. A imagem do carro destruído e do sangue escorrendo pela porta amassada não sai da minha cabeça. E aquelas pobres crianças...

– Eu lhe avisei para ficar no carro, Elise. Mas você fez questão de olhar.

– Você tem razão. Não sei o que o ser humano tem dentro de si que o faz atraído pelas tragédias. É uma coisa difícil de controlar. Parece que vivemos a desgraça do outro. E pensar que alguns sentem até prazer nisso...

– O mundo está cheio de coisas e de tipos ruins. Tudo por culpa daquele motorista embriagado. O que mais revolta é que logo estará solto. Bastará pagar uma fiança. E dinheiro ele deve ter de sobra. Acho que dirigir automóveis é um risco extremo, assim como portar uma arma. A lei deveria punir com mais severidade quem não dirige com prudência. Veja só... uma família destruída! E quantas não o são todo dia nas estradas e ruas desse país?

Elise foi chamada ao balcão. Rapidamente despachou suas malas. Voltou à companhia de Cristóvão. Enfiou-se no braço do namorado e seguiram juntos até a área de embarque.

– Lembre-se do que prometeu. Vá me ver o mais rápido possível.

– Como eu disse, não lhe darei mais sossego. Mas sem sufocá-la. Eu prometo. Não tenha medo. Sei muito bem respeitar o espaço dos outros.

– Por isso gosto tanto de você, Cris. É um verdadeiro cavalheiro. Bom, tenho que ir agora. Ah, só mais uma coisa. Fiquei curiosa. O que você vai fazer com o manuscrito?

– Pra falar a verdade, ainda não pensei nisso. Só tive tempo pra você...

Riram e se beijaram.

— Mas, quando eu decidir, será a primeira a saber. Não sei se devo divulgá-lo. Talvez a vontade do velho imperador tenha sido apenas desabafar... E abafar o caso. Não sei se é justo para ele, a essa altura, revelar para o mundo os seus estranhos temores.

— É, talvez não seja apropriado. O segredo ficou muito tempo guardado. Você não fará mal em manter o sigilo. Por outro lado, lembre-se, ele sempre se referiu a leitores do futuro. Como se quisesse que tudo fosse conhecido algum dia, porém muito tempo depois da sua morte. E muito tempo já se passou, Cris.

— Você pode estar certa. Vou pensar melhor sobre isso.

Pelo serviço de alto-falantes foi anunciada a última chamada para o voo.

Ao ver Elise se afastando, voltando-se para ele e mandando beijinhos, Cristóvão sentiu-se invadido por um terrível pressentimento.

Era como se estivesse vendo sua amada pela última vez.

# XIX

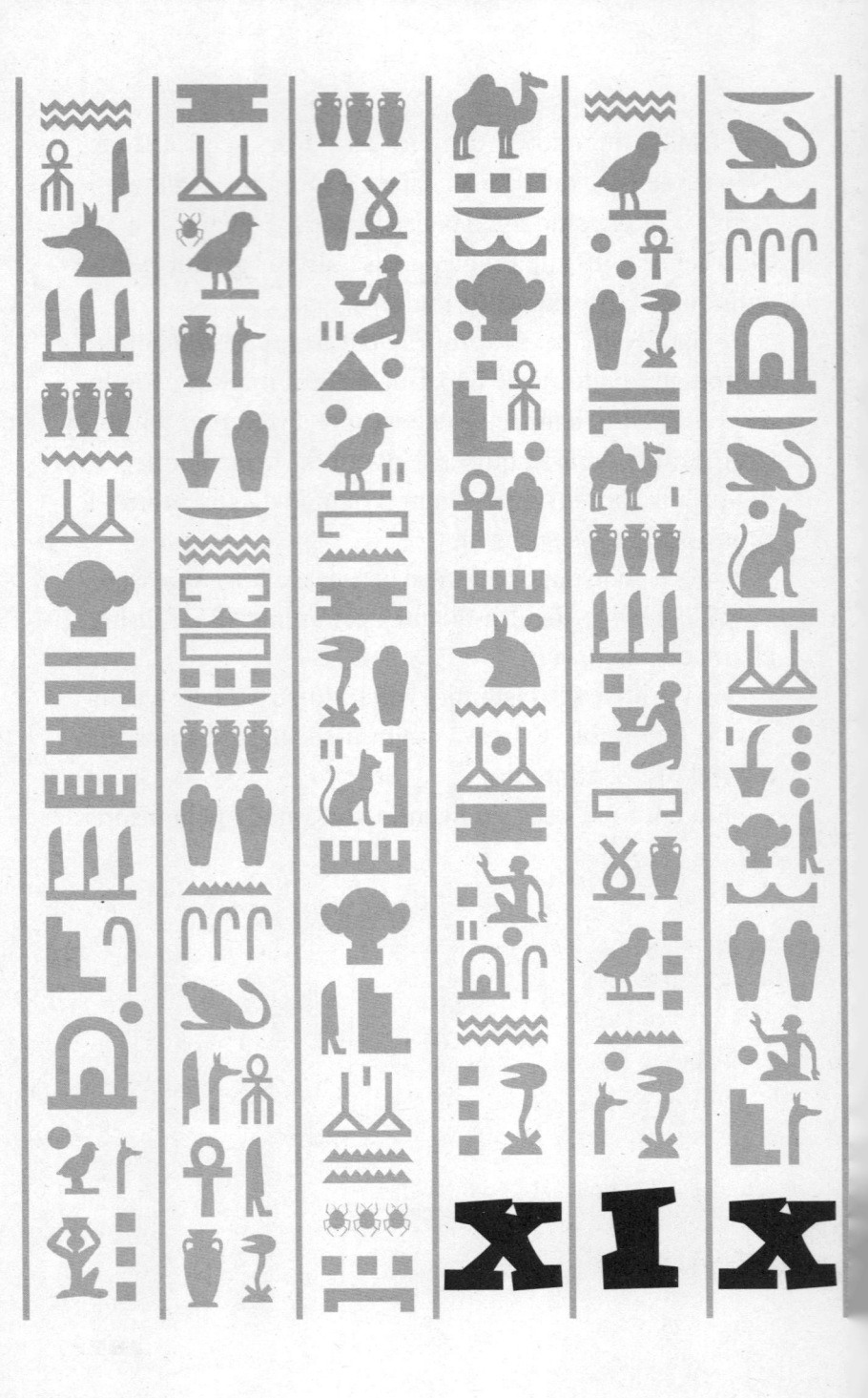

**OS BARULHOS APAVORANTES** do aparelho de ressonância magnética ainda ecoavam na cabeça de Cristóvão, que nada mais percebia ao seu redor. Achava-se num momento que parecia irreal, jamais imaginado. O pior pesadelo de sua vida. E tudo seria muito bom se fosse apenas um pesadelo. Mas era real. Real e muito cruel.

    Segurando um envelope grande no colo, ele se deixava levar pelo balanço do ônibus. Acabara de sair do consultório médico, e não lembrava como. Não sabia como pegara o coletivo nem como havia parado ali, sentado naquela cadeira, completamente apático a tudo e a todos. Quem prestasse atenção nele logo se lembraria de um zumbi, com uma expressão pavorosa no rosto, os músculos da face contraídos numa máscara de terror, o olhar distante, morto.

    Minutos antes estivera diante de um médico gastroenterologista que passara horas examinando as imagens do exame, comparando demoradamente dados, conferindo e reconferindo, coçando a cabeça, se mexendo inquieto no encosto elevado da cadeira presidente do outro lado da mesa de vidro repleta de fotografias de membros felizes e sorridentes da sua família.

À sua frente, Cristóvão aguardava. A princípio, tranquilo; depois, com o passar do tempo e percebendo a inquietude do médico, foi ele também ficando ansioso e preocupado. Sentira o coração bater cada vez mais forte, a ponto de acreditar estar ouvindo o barulho. Como um tambor ensurdecedor. O médico, um homem de meia-idade com óculos de tartaruga escorregando na ponta do nariz, passou a mão na cabeça lisa e, após meditar mais um pouco, finalmente encarou o paciente à sua frente, que àquela altura era uma pilha de nervos. Jogou o seu diagnóstico como uma bomba: câncer de pâncreas. Estágio IVB, ou seja, metastático. A doença havia se espalhado rapidamente para o estômago, o baço e o intestino, conforme revelavam a ressonância e a tomografia computadorizada.

Mudo por um longo tempo, enfrentando de vez em quando o olhar cheio de comiseração do homem de jaleco branco à sua frente, Cristóvão simplesmente não acreditava no que tinha ouvindo. Com ele, não! Não tão jovem! Não com pouco mais de 25 anos! Não quando tudo ia bem! Não quando reencontrara Elise! Elise! Naquele momento de desespero, só lhe veio à mente a imagem da amada, de quem se despedira na noite anterior cheio de felicidade e de planos.

*A vida é às vezes muito cruel*, pensou. *Num breve momento nos inunda de felicidade para em seguida tirar tudo sem dó nem* piedade, zombando da nossa cara, rindo da nossa desgraça... E para sempre!

    Após um tempo de silêncio, que o médico aguardou com paciente inquietação, a pergunta que não quis fazer, mas não pôde evitar:

    – Quanto tempo...?

    O médico voltou aos exames, conferiu e reconferiu, como se quisesse fugir à obrigação de responder.

    – Não se preocupe. Nós vamos tratar...

    – Quanto tempo? – ele insistiu, agora com firme irritação. Não precisava de falsas esperanças. Não naquele momento. Talvez depois...

    O médico pigarreou.

    – Para ser sincero, umas duas semanas, mais ou menos.

    Cristóvão não acreditou no que ouvira. O chão fugira sob seus pés.

    – O quê? O... o senhor pode repetir?

    – O estágio está muito avançado. Infelizmente você tem poucos dias de vida. O prognóstico é péssimo. Se começarmos logo a quimioterapia...

    – Ela vai me curar? – disse, com manifesta esperança.

    – No estágio em que está... Talvez consigamos uma sobrevida de... um a dois meses...

    Cristóvão ficou atônito. Sentiu-se como se tivesse levado um soco no queixo. Seus olhos se arregalaram, a boca seca, faltando forças para fechá-la. Balançou a cabeça negando para si mesmo. Ficou um minuto tentando assimilar a terrível informação.

— E se operar?
— Lamento, mas é impossível operá-lo. Há muitos órgãos vitais comprometidos. A doença já se espalhou. O único tratamento possível é a quimioterapia para reduzir as dores e prolongar um pouco o tempo de vida.
— Por mais um mês...
O médico permaneceu calado por algum tempo.
— Bom, vou encaminhar o senhor para um colega oncologista. Ele irá iniciar o tratamento ainda possível. Mas tenha fé. Nessas horas é o que nos acode. Fé, muita fé. O senhor é religioso? Acredita em Deus?
Cristóvão não respondeu. Não via utilidade em responder. Deus não parecia existir para ele naquele momento. Apenas ficou encarando o infinito, enquanto o médico escrevia rapidamente o encaminhamento numa folha do receituário.
— O senhor precisa cuidar rápido. Cada dia pode ser decisivo.
*Decisivo para o quê?*, ele pensara. *De que adiantaria prolongar apenas por mais um mês essa vida miserável?*
Mas em seguida lembrou-se de Elise. Um dia a mais ao seu lado valeria a pena, nem que fosse o último!
— Doutor... — Sua voz saiu como um gemido. — O senhor pode receitar algum analgésico forte o bastante para aliviar essa dor? Não consegui dormir desde a madrugada.
O médico apanhou mais uma vez o bloco de receitas e rabiscou o nome de um medicamento.

– Tome sempre que necessitar. O efeito é quase imediato. Mas advirto: o organismo pode se acostumar e serão necessárias doses cada vez maiores. Se precisar, ligue para mim. Este é o número do meu celular. Não costumo repassá-lo. Mas, para você, faço questão. Ligue a qualquer hora.

Cristóvão agradeceu. Ergueu-se da cadeira, respirou fundo e exclamou:

– É isso, doutor! O destino às vezes nos prega peças.

E o médico, em silêncio respeitoso, o acompanhou até a porta.

Dali, tudo sumiu de sua memória. Quando deu por si estava no ônibus, embalado pelas sacudidas provocadas pelo calçamento irregular e misturando o som pesado do motor com os estalos da máquina de ressonância magnética.

※ ※ ※

O apartamento do oitavo andar estava um verdadeiro forno naquela tarde. Cristóvão Fernandes, que recebera há pouco a pior notícia de sua vida, tentava em vão se conformar com a sentença de morte. Estava jogado no sofá. Na mão direita segurava um porta-retratos. Nele, uma mulher bonita, aparentando trinta e poucos anos, sorria, seu rosto sereno emoldurado por uma cabeleira cor de mel.

– Que presente, hein, mãe?!

Ela havia falecido quando o rapaz tinha apenas 12 anos de idade, também vítima de um câncer fulminante.

Aquele fora até então o pior dia de sua vida. As memórias do sofrimento final, da morte, do funeral e dos primeiros dias de luto haviam se tornado como um monte de coisas misturadas que não permitiam distinguir uma coisa de outra. Eram lembranças que ele evitava. Mas naquele momento tudo se tornou claro e imensamente sofrido. Chorou. Em princípio um choro silencioso, uma lágrima que desceu quase furtiva dos olhos inundados. Depois, soluços. Soluços doloridos, no corpo e na alma. Soluços sem fim, quase intermináveis. E de repente se viu envolvido no perigoso ciclo vicioso da autocomiseração, sem forças para sair dali.

Sentia-se só como nunca. Não tinha com quem compartilhar seu sofrimento. Filho único, fora criado pelo pai na adolescência. Mas ele também morrera anos antes. Tristeza profunda. Depressão que levou ao alcoolismo. E, no fim, uma cirrose fatal.

Então um pássaro pousou na sacada. Era um bem-te-vi. A cena rara chamou a atenção do moço, que por um momento se viu distraído pela curiosa imagem. O pequeno visitante saltitava, olhando tudo, mexendo e inclinando a cabecinha curiosa, de forma rápida. Parou diante da porta e ficou como que considerando se valeria o risco entrar ali. Desistiu. Algo o assustou ali dentro e ele alçou voo para algum local mais seguro.

Cristóvão passou a mão sobre a barriga e sentiu um profundo calafrio. Carregava dentro de si seu pior inimigo, um ente desconhecido, com vida própria, que se espalhara rapidamente tomando conta de tudo, destruindo seus órgãos vitais. Uma bomba perigosa prestes a explodir a qualquer momento.

Ele sacudiu com força a cabeça procurando afastar aqueles pensamentos que só lhe faziam mal. Não podia se entregar. Ainda vivia, e agora conhecia o inimigo; sabia onde ele se escondia. E certamente haveria meios para enfrentá-lo, mantê-lo cativo ou, por que não, derrotá-lo?!

O rapaz limpou as lágrimas que marejavam seus olhos. Chegara à conclusão de que não adiantaria chorar e sentir pena de si mesmo. A roda girava e, como aquele passarinho, deveria mudar de rumo, enfrentar da melhor forma possível o seu drama.

A esperança. Essa droga benéfica que o cérebro produz e nos motiva para a vida. É preciso ter esperança. E fé. Onde estava sua fé? Certamente abalada desde a morte da mãe, pois Deus, se é que ele existia de alguma forma, não escutara suas preces desesperadas, não dera atenção ao seu sofrimento quase insuportável, e não se compadecera com o seu choro sofrido naqueles obscuros dias que precederam sua grande perda. Cristóvão havia desistido de tentar compreender os tais "desígnios misteriosos de Deus" que uma tia carola insistia em repetir sobre o caixão da irmã morta. Deus fora cruel, e estava sendo de novo. Mas era preciso revoltar-se, lutar contra isso. Morrer, talvez sim; mas lutando contra aquele demônio que crescia em suas entranhas e com que Deus parecia não se importar.

O rapaz se levantou e caminhou até a sacada. De lá observou a vida que fluía na cidade, e pôde sentir sutilmente uma energia nova que parecia querer timidamente tomar conta de si. Deixou que ela viesse. Fechou os olhos e abriu os braços. Imaginou, então, uma grande onda de energia vinda da terra, das pessoas que transitavam nas ruas lá embaixo, nos carros barulhentos ou a pé, das janelas dos arranha-céus, do mundo inteiro, subindo, alcançando-lhe na sacada, invadindo seus poros e sua respiração. Viu-se subitamente tomado por uma euforia que o fez estremecer. Viveu aquela sensação deliciosa com todo o seu tato, e chegou a ouvir a energia o rodeando como um furacão.

Respirou profundamente. E por aquele breve instante sentiu-se vivo e forte como nunca.

※ ※ ※

No resto de tarde daquele dia fatídico, Cristóvão tomou várias decisões importantes. Em primeiro lugar, manteria segredo absoluto da sua condição. Não queria a piedade de seus amigos, e o que menos precisava era de uma atmosfera de velório o circundando. Depois, decidiu que Elise também seria poupada de tudo, embora tivesse planejado visitá-la em Brasília o mais rápido possível, enquanto ainda aparentava saúde, nem que para isso tivesse que raspar suas parcas economias. Pretendia fazê-lo tão logo ela regressasse da viagem à Malásia. Confiava que o pior prognóstico médico de uma quinzena de vida não se concretizaria, pois ainda se sentia bem, apesar da dor incômoda que conseguira amortecer com os eficazes analgésicos que lhe foram receitados.

Contatou a assistente do oncologista indicado, que, por pura sorte, prestava serviços em um hospital coberto pelo plano de saúde do rapaz. Contudo, em virtude da alta demanda, somente conseguira marcar a primeira sessão de quimioterapia para uma semana depois – era incrível como havia tantas pessoas com câncer. Ele só percebeu aquilo após compartilhar com elas o mesmo sofrimento. Antes lhe pareciam incrivelmente escassas, quase invisíveis, como um cardume de peixes embaixo d'água.

Ainda naquele fim de tarde fez exame de sangue para avaliar seu grau de imunidade.

※ ※ ※

A terça-feira se arrastou torturante para Cristóvão, claro contraste com a alegria que tomava a cidade. A sensação de enjoo aumentava a cada hora. O apetite também não melhorava e, impressão ou não, o rapaz com certa angústia se sentia cada vez mais fraco. Passou todo o feriado em casa, contando minutos e calculando a duração do efeito dos analgésicos.

Logo no início da noite, após forçar-se a um jantar ciente de que deveria entregar ao corpo toda a energia necessária à sobrevivência pelos próximos dias, tomou um comprimido para dormir e logo caiu num sono pesado.

Mas, exatamente às três horas da madrugada da Quarta-feira de Cinzas, o jovem acordou sobressaltado, ofegante, a cama encharcada de suor.

E na sua mente havia uma clara ideia do que precisava ser feito.

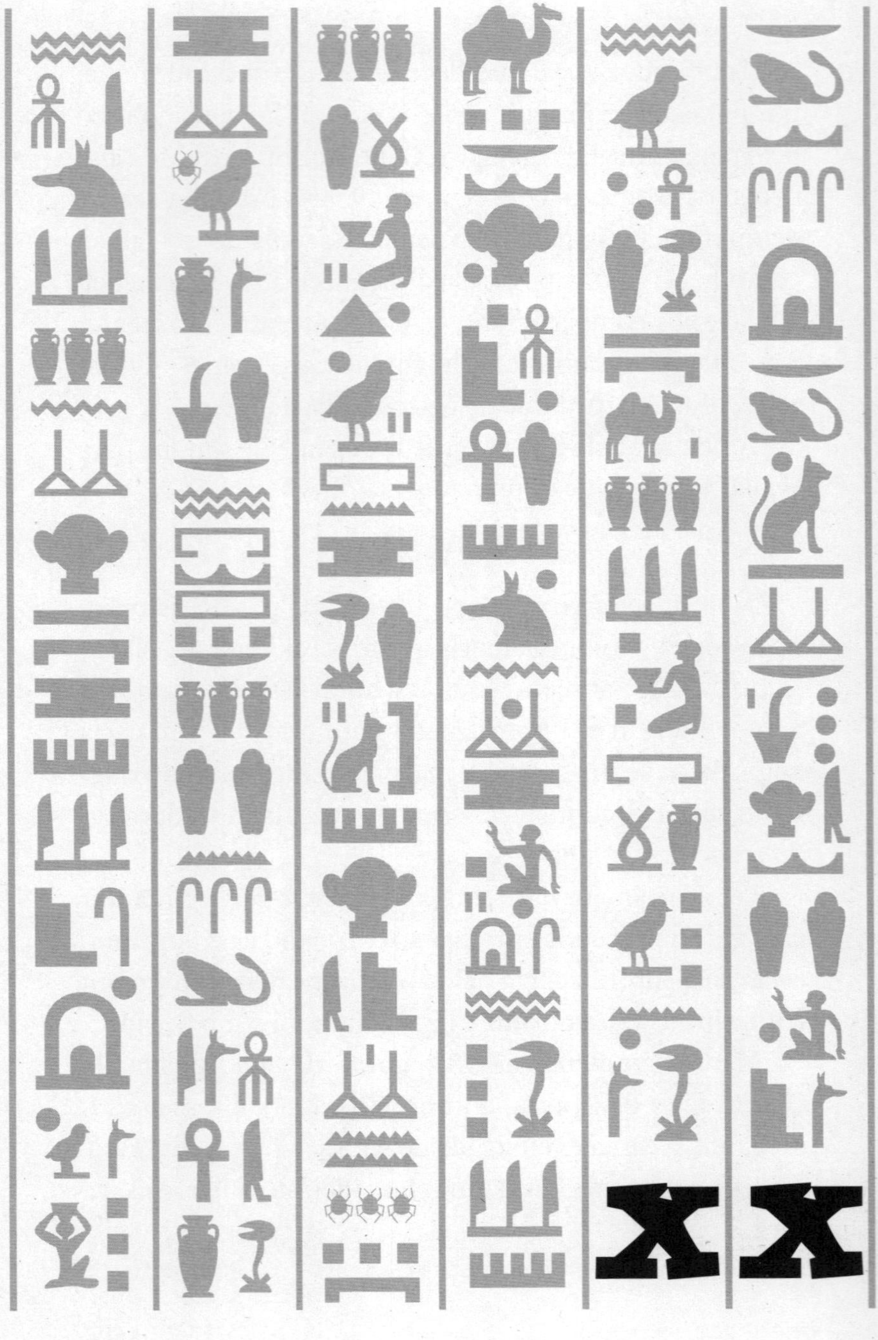
XX

**ELE TIVERA UM SONHO** estranho e apavorante. Ou uma revelação. Nele, caminhava perdido por um deserto medonho, ansiando por água. Sombras misteriosas passavam por ele, como se fossem almas do outro mundo. Num dado momento, após superar uma duna, avistou uma grande pirâmide. Não havia ali uma alma viva. Pôde avistar, aos pés da pirâmide, o que parecia ser um oásis de pequenos arbustos. Alguma coisa brilhava no meio. Parecia água. Desceu a duna aos tropeços e, já quase sem forças, caiu às margens de um pequeno lago de águas barrentas. Sôfrego e sedento, fez uma concha com a mão e a mergulhou na água escura. Quando a levava à boca, eis que uma mão descarnada e apodrecida ergueu-se de dentro do lago e agarrou seu braço. Ela queimava como fogo. Cristóvão tentou gritar, mas o grito não saía. Estava mudo e, com pavor, viu-se sendo arrastado para dentro do lago, as águas se abrindo como uma boca macabra, e o ser terrível, de braços longos, carnes apodrecidas, se deixou ser visto dentro da boca monstruosa. Mas naquele instante de desespero um meteorito despencou do céu e se espatifou no ápice da pirâmide. Uma luz verde desceu como uma neblina, circulando o enorme monumento, e mergulhou no lago maldito. O ser hediondo soltou um esturro apavorante e se dissolveu. Instantaneamente a água do lago se tornou límpida e cristalina. E ele bebeu dela.

Nesse ponto do sonho ele acordara, impressionado, com o peito arfante.

Levantou-se da cama com um salto e, tropeçando nos chinelos, andou rápido para o estúdio, tateando a parede, atropelando tudo o que encontrava pela frente. Somente naquele cômodo se lembrou de acender a luz. Abriu com impaciência um pequeno armário e parou por um instante diante do manuscrito de D. Pedro II. Agarrou-o sem muito cuidado e o levou para a mesa de trabalho. Afastou o mundo de objetos e ferramentas que estavam ali com um braço, derrubando uma porção deles, despedaçando no chão uma pequena estátua de gesso que recebera para restauração. Sem dar importância a isso, ele passou a folhear rapidamente os escritos do imperador. *Onde está? Onde está?*, perguntava para si mesmo num frenesi incontrolável, como se a sua vida dependesse daquilo. E era exatamente o que Cristóvão sentia naquele momento.

Finalmente seus olhos muito abertos encontraram o que procurava. Uma frase. A solução para tudo.

Ele não conseguiu mais pregar o olho naquele resto de madrugada.

※ ※ ※

    Nem raiara o dia e Cristóvão estava andando pelas lojas do comércio do Rio de Janeiro. Vasculhou tudo. Percorreu toda a República do Líbano, visitou lojas da rua da Constituição, avenida Duque de Caxias, Marechal Floriano, enfim, todas as ruas do centro que costumam abrigar o comércio eletrônico. Não encontrou o que procurava. Maldisse intimamente a cidade, tão grande, mas que às vezes não oferecia tudo o que se precisava. Tinha urgência. Contudo, não encontrando outra saída, resolveu voltar para casa. Restava-lhe tentar o comércio virtual, com a natural demora na entrega. Antes, comprou uma daquelas ventosas de fixar GPS ou aparelho celular em para-brisa de automóvel. Parou numa loja de ferragens e adquiriu três metros de um arame grosso, flexível o suficiente para permitir manobras.
    No plano que concebera, porém, havia um sério problema que precisaria resolver, ou tudo poderia ir por água abaixo. Esgotado, sentou-se num banco de uma praça e tentou contornar o obstáculo mentalmente. Pensava em algumas possibilidades, mas todas elas eram bastante complexas e dependiam do imponderável. Não, não podia arriscar a sorte. Precisava de uma solução simples e segura.
    Quase uma hora se passou e nada lhe ocorreu. Então, quando já pensava em retomar o caminho para casa, sentou-se ao seu lado um velho com um radinho de pilha. Ele o cumprimentou com um breve aceno de

cabeça e começou a tentar sintonizar uma estação AM. Apenas um barulho irritante se fez ouvir. Contrariado, ele se levantou e caminhou, aproximando-se da rua. Na beira da calçada a estação foi sintonizada. Ele sorriu. Mas, ao retornar ao banco, a estática recomeçou. O velho se levantou resmungando e saiu, movimentando no ar o pequeno aparelho, procurando manter a difícil sintonia de algum programa que desejava muito escutar naquele momento.

Cristóvão se escorou no banco e suspirou, derreando a cabeça para trás, cruzando os dedos na nuca. Ao olhar para cima, avistou a causa da estática. Uma rede de alta tensão passava logo acima do banco onde estava. O campo eletromagnético que gerava provocara a interferência no rádio.

E, numa onda de euforia, concebeu a solução para o problema.

👑 👑 👑

Alexandre estava concentrado defronte a uma tela imensa de um monitor. Não percebeu a chegada de Cristóvão, que permaneceu por alguns minutos contemplando a habilidade do amigo enquanto este parecia estar criando um novo jogo para computador, algo relacionado à Idade Média e seus reinos, castelos e cavaleiros. O game designer tentou segurar uma garrafa de água com os olhos ainda fixos na tela do monitor. Derrubou o recipiente.

— Merda!

Ao apanhar a garrafa, que gorgolejava o líquido pelo chão, finalmente avistou o amigo.

– E aí, brother! O que o traz aqui? Não é comum uma visita sua! – Sem se erguer da cadeira, girou e cumprimentou Cristóvão. – Desculpe esse desastre. Senta aí e manda ver! – Mas seu sorriso se esmaeceu quando percebeu a expressão sisuda e cansada do amigo. – Está acontecendo alguma coisa? Você está bem?

Cristóvão forçou um sorriso.

– Nada de mais. Só muito trabalho.

– Acho que é a saudade da morena, não? – Ele riu.

– Também.

– Senta aí, vai – ele insistiu, tirando uma pilha de livros de cima de um banquinho. – Estou desenvolvendo um joguinho. Algo inspirado nessas séries medievais que estão fazendo sucesso na TV. Acho que vai ser um estouro. E você? Ainda enganchado com o trabalho do museu?

– Isso mesmo. E meu prazo está acabando. Mas tudo bem. Vou conseguir terminar a tempo.

– E no que eu posso ajudar? Uma visita dessas certamente não é para ver meu belo rosto. – Ele fez um sorriso exagerado.

– Na verdade, você fica muito bem com essa barba malfeita. Mas não. Meu propósito é outro, e vai lhe parecer estranho.

– Já estou acostumado com suas estranhices. Não esquenta. Tá precisando de quê? Dinheiro? Você se meteu em alguma enrascada?

— Pode-se dizer que é uma pequena enrascada, sim. Mas nada sério. – Ele se sentou. – Certa vez você disse que tinha comprado um desses bloqueadores de sinais de sistema de segurança, não foi?

— É verdade. Comprei. Mas não espere que eu diga onde o utilizei.

Cristóvão forçou um riso.

— Não quero nem saber. Só pode ter sido em alguma missão de contraespionagem espetacular – ele brincou.

— Mais ou menos isso. Ela se chamava Mercedes, e o pai era um militar fissurado por sistemas de segurança. – Alexandre soltou uma gargalhada. – Nunca empreguei tão bem um dinheiro. Mas isso é segredo absoluto, hein?! Se Ana Cláudia sabe...

— Fica tranquilo. Essa informação valiosa vai para o túmulo comigo. Mas, diga lá, você ainda tem o tal aparelho? Poderia me emprestar? Gostaria de fazer uma experiência ultrassecreta também.

— Tenho sim. Está aqui em algum lugar. Olha lá, hein? Não vá assaltar um banco ou coisa parecida.

— Um banco, não, mas coisa parecida. – Cristóvão piscou o olho com um leve sorriso.

Alexandre revirou algumas caixas no canto do seu laboratório e voltou com um aparelho do tamanho de um celular, do qual saíam três anteninhas em tamanhos diferentes.

— Aqui está. Deixe-me ver se está funcionando. – Ligou o aparelho e imediatamente a tela do monitor do seu sistema de segurança ficou cheio de traços,

deturpando completamente as imagens das câmeras.
— Perfeito! Mas o alcance é pequeno. Só uns cinquenta metros.
— É mais do que suficiente. Obrigado. Devolvo logo – disse Cristóvão, já se levantando para ir embora.
— Vê lá, hein? Não vai causar problemas com isso!
— Pode deixar. Não serão maiores do que os que você causou.

Alexandre caiu na gargalhada.

Cristóvão saiu rapidamente. Ainda precisava fazer uma visitinha ao Museu Nacional do Rio de Janeiro antes de voltar para casa.

☠ ☠ ☠

Cristóvão ligou o computador e mergulhou na internet, mal acabara de entrar em casa. Encontrou rapidamente o que procurava: uma câmera endoscópica com lâmpada de LED própria para inspeção de encanamentos. Ela ficava na ponta de um cabo USB com dez metros de comprimento. Era longo demais para o plano que ele tinha em mente, mas não havia outra escolha. Fechou imediatamente o pedido, pagando com o cartão de crédito, incluindo uma quantia extra pela remessa via Sedex 10, e rezou para que o objeto chegasse no tempo previsto de apenas um dia.

☠ ☠ ☠

No dia seguinte um pacote era rasgado com fúria pelo restaurador. Ele ficou satisfeito com o que encontrou. Ligou a câmera numa entrada USB do netbook que costumava utilizar fora do estúdio, fez a instalação do software com sucesso e brincou um pouco fazendo buscas com a ponta iluminada da câmera por debaixo de alguns móveis que pareciam grudados ao solo. Ele sempre desconfiara de que aqueles móveis jamais houvessem sido mudados de lugar pela faxineira. E tinha razão. A diarista que contratou se limitava a fazer uma limpeza rápida, literalmente jogando parte da sujeira para debaixo do tapete. E debaixo dos móveis, naqueles recantos escuros e esquecidos, Cristóvão encontrou um pequeno mundo assustador, com insetos mortos embolorados, que na visão da pequena câmera pareciam criaturas monstruosas.

Numa bolsa a tiracolo colocou todos os objetos e ferramentas de que precisaria, conferindo tudo mais de uma vez. Estava quase pronto para o próximo passo.

Martelando na sua mente, a frase do misterioso manuscrito: "Ela tinha um inacreditável poder de cura".

※ ※ ※

– Oi, amor, está tudo bem?

A voz de Elise soava maravilhosamente aveludada ao telefone. Até então haviam trocado apenas mensagens por redes sociais. Eram mensagens cálidas, cheias de paixão e saudades, repletas de emojis fofinhos – ao menos naquelas enviadas por ela. Cristóvão evitara o quanto pudera falar ao telefone com a namorada. Tinha medo de deixar transparecer alguma coisa. Os contatos pela rede social eram diários e fortaleciam o rapaz, alimentando seu espírito combalido e gerando nele uma energia nova, constante e restauradora. Elise reaparecera em sua vida no momento certo, em que mais precisaria dela, como se tudo tivesse sido um caprichoso arranjo do destino. Um "morde e assopra". Uma brincadeira de péssimo gosto. Mas, intimamente, o rapaz agradecia por aquilo. Apesar de tudo, era o sentimento por Elise que o estava mantendo vivo. Do contrário, já teria se entregado rapidamente à terrível doença.

Naquele momento ela havia finalmente tomado a iniciativa do contato.

— Tudo ótimo! Melhor agora. Mas, eu confesso, estava curtindo muito essa espera. Sabe quando ganhamos um presente e vamos abrindo lentamente o pacote? Então. Estava saboreando devagarzinho essa expectativa. O momento de ouvir sua voz de novo.

— Nossa, Cris. Isso é coisa de masoquista. E você tem coisas boas para me dizer? Tipo, alguma novidade?

— Tudo do mesmo jeito. Apenas a saudade aumentando a cada dia. Parece que não consigo mais estar longe de você. Essa distância está me matando... — Ele se esforçava para parecer o mais natural possível.

— Eu também não vejo a hora de estar contigo novamente, Cris. São dias que se arrastam. Nem parece aquele fim de semana delicioso que passou voando!

— Você foi a melhor coisa que já aconteceu na minha vida, Elise. Eu... amo você! — Ele sentia urgência em dizer aquilo.

Do outro lado da linha, aquela risada divertida.

– Tão rápido? Estou adorando ouvir isso, mas não acha meio precipitado?

– Não eram segredo para você os meus sentimentos. Antigos. Desde a adolescência. Apenas fui obrigado a esperar. E já não tinha esperanças. Eu te amei desde que te vi.

– Então somos dois – ela emendou, com voz melosa. – Acho que é coisa de alma gêmea, de outras vidas. Assim que te vi naquele dia na escola, eu tive a impressão de que deveríamos ficar juntos para sempre. E não aguentava sua indecisão, sua falta de iniciativa. Cheguei a ficar com raiva de você, Cris. Não fosse aquele baile de formatura... Eu estava começando a desconfiar que você era gay. – Ela riu.

– Nada contra, mas não sou. Às vezes sou um grande idiota, isso sim. Só de pensar no desperdício daqueles anos, o quanto poderíamos ter aproveitado juntos... Aqueles anos bons, sem muita responsabilidade... Tudo jogado fora pela minha horrível timidez. Hoje sei que a vida nos surpreende. E é rápida. E não somos imortais... Desde aquela noite no aeroporto, aquela cena do acidente, a família destruída, o pai e o garotinho mortos... A menininha também faleceu depois...

Um silêncio pesaroso ao telefone. Ele retomou.

– Desde então tenho pensado muito em nós. Não deveríamos desperdiçar mais tempo. Hoje eu declarei meu amor por você, e acho que demorei tempo demais. Se pudesse, pediria você em casamento amanhã, e casaríamos daqui a dois dias, no fim de semana. Depois ficaríamos um mês em lua de mel. E que lua de mel!

– Ah, Cris, que lindo! Era tudo o que eu queria. Eu já experimentei o lado amargo da vida. Sei o que ela pode aprontar. E agora está tudo tão bem...

Dessa vez o silêncio pesaroso foi dele. Se ela soubesse...

– Aqui em Kuala Lumpur é tudo muito legal! – Ela quebrou o silêncio. – Nunca vi tanta diversidade de culturas! São templos chineses, budistas, hindus, igrejas, mesquitas, praticamente no mesmo quarteirão. Muito material para minha pesquisa, e tudo num só lugar. Estou muito contente por ter vindo. E os macacos abusados?! Você precisa ver! Quase tomaram meu celular, os danadinhos! Estão por todo lugar! – Ela riu. Depois de uma breve pausa, mudou a entonação da voz: – Alô, você ainda está aí?

– Sim, ainda estou vivo... – Imediatamente ele detestou a piada.

– Olha, viajo logo mais para a China. Penso em você o tempo todo! Como eu gostaria de ter você aqui comigo! Seria uma lua de mel maravilhosa! Quero te ver logo que voltar, tá?

– Estou deixando tudo em ordem por aqui. Na outra semana nos encontraremos em Brasília.

– Será maravilhoso! Como dois adolescentes...

– Dois adolescentes sapecas – ele emendou.

– Isso mesmo. Muuuuito sapecas! – Ela ria do outro lado. – São as restaurações? Você tem tido muito trabalho?

Na verdade, ele tinha sim, e o estava negligenciando. Não tivera mais cabeça para o delicado trabalho. Muitas vezes se sentara diante da mesa e o tempo passava lentamente. Suas mãos não tinham mais firmeza. O pincel desviava-se, e os finos detalhes pareciam pinturas grosseiras de crianças do jardim da infância. Estava preocupado e já havia recebido um telefonema da universidade. A exposição seria dali a duas semanas. Havia ainda algumas peças que precisariam ser aprontadas, dentre elas o relicário onde encontrara o manuscrito do imperador. Ante o repentino agravamento de sua saúde, ele se sentira obrigado a declinar do restante do trabalho. Enfrentou uma explosão do outro lado da linha telefônica. O chefe do museu não ficou nada satisfeito, e disse que não tinha como conseguir um artista de qualidade de última hora para terminar o trabalho. Falou rispidamente que Cristóvão se virasse, ou faria da vida dele um inferno.

Como se já não estivesse...

– Tenho algumas peças para concluir. Vai haver uma exposição nova no Museu Nacional. Alguma coisa sobre libertação de escravos ou coisa parecida. O prazo está expirando. Hoje mesmo recebi uma pressão daquelas!

– Você é mesmo muito responsável, Cris. Acho que estou apostando na ficha certa desta vez.

– Está me comparando a um jogo?

– Ora, com homens nunca se sabe. Estou escaldada. E gata escaldada tem medo de água fria!

– Pois não precisa ter medo. Eu sou assim mesmo. Às vezes meio lerdo... às vezes meio morto... mas um poço de responsabilidade. – Ele riu. Um riso amargo, meio forçado.

– Você está meio estranho... ou é impressão minha?

– Acho que é a pressão do trabalho. E a saudade de você. Tudo junto. Essa demora em te ver... Não estou muito bem.

– E quanto àqueles incômodos na barriga?

Ele não respondeu por um breve instante, o que não passou despercebido pela garota.

– Não senti mais nada. Está tudo bem – ele mentiu. Mas não sabia mentir. Sua voz não soou com firmeza.

– Então tá legal. De qualquer forma, esse estresse do trabalho vai passar, os dias vão passar, e nós vamos estar juntinhos em breve, não é?

Mais uma vez uma breve hesitação do rapaz.

– Claro que sim, meu amor. Estaremos juntinhos. E será incrível! Por mim, não nos separaríamos nunca mais.

– Por mim, também! E se Deus quiser isso vai acontecer. Muito em breve! Sabe, Cris, a Universidade de Brasília também precisa de bons restauradores. Aliás, muita gente por lá. Alguns desses políticos e intelectuais que vivem na capital são donos de antiguidades e obras de arte caríssimas. Algumas delas devem precisar de alguma restauração. Daria para nos virar muito bem por lá.

– Uma proposta irrecusável. Se você realmente quiser... – A voz de Cristóvão soou distante.

– É o que eu mais quero na vida, meu amor.

– Bem, não gostaria, mas agora preciso desligar. Se não cuidar disso aqui...

– Está bem, Cris. Ao menos deu pra matar um pouquinho a saudade da sua voz.

– Nos veremos em breve. Pode esperar. Depois ligarei de novo. Um beijo... daqueles... – Sua voz estava embargada.

Ele não esperou a resposta. Encerrou a ligação. Não aguentava mais. Respirou fundo e fechou os olhos, deixando rolar até o canto da boca uma lágrima quente.

# XXI

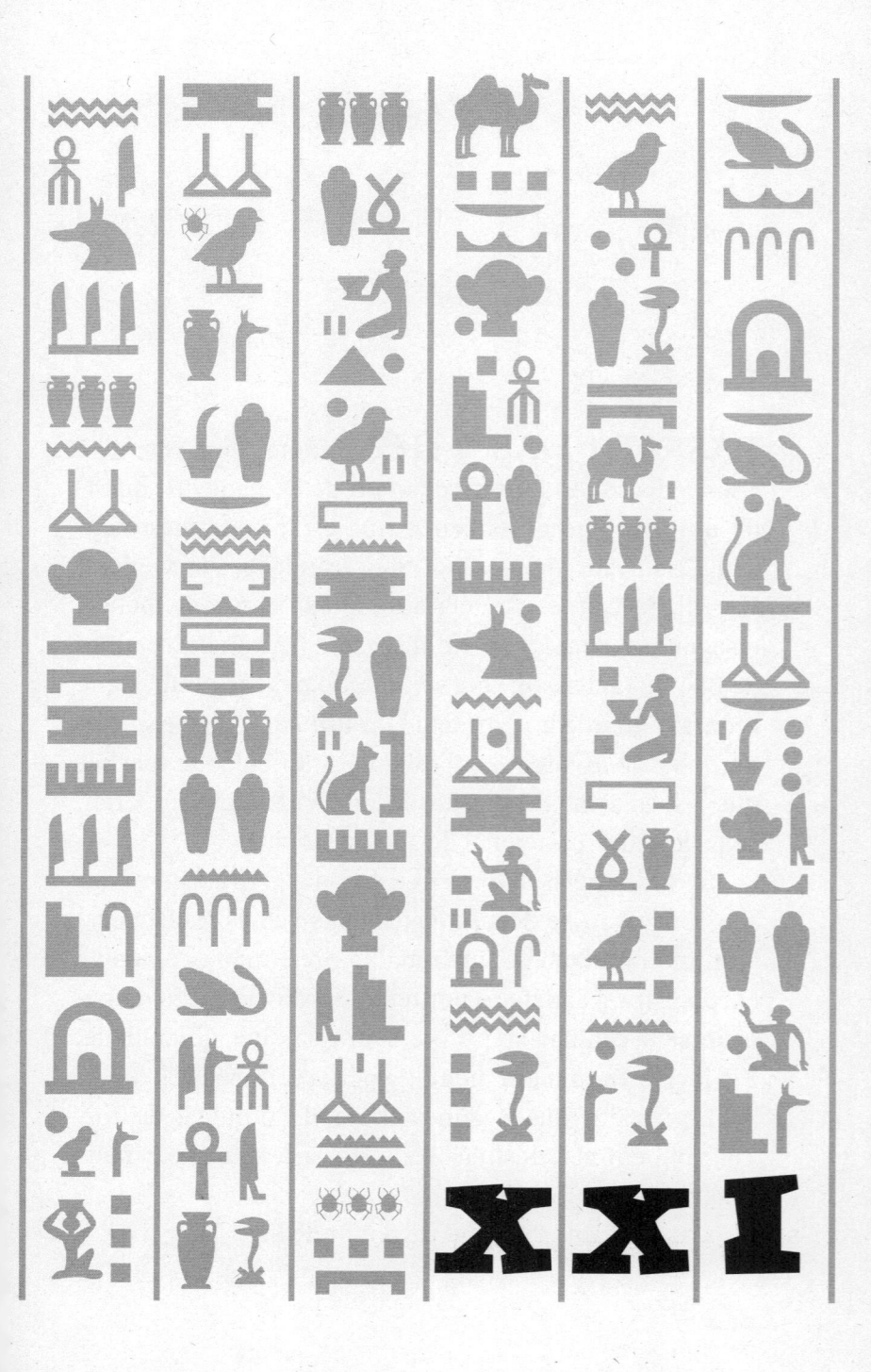

**PASSAVA DAS 23H** de quinta-feira, sete dias após a descoberta do manuscrito de D. Pedro II, quando um mendigo desembarcou na estação de metrô em São Cristóvão. Atravessou claudicando a rua General Herculano Gomes, àquela hora quase sem movimento, e seguiu se arrastando em direção ao Parque da Quinta da Boa Vista. Passou sem ser notado pelo segurança que montava guarda no portão do Jardim Zoológico e se embrenhou no arvoredo, subindo com dificuldade o aclive que levava à lateral direita do antigo Palácio Imperial, sede do Museu Nacional do Rio de Janeiro.

Já oculto pelas árvores frondosas que rodeiam o museu, Cristóvão se despiu das roupas velhas e rasgadas, vestindo rapidamente uma malha preta quase colada ao corpo. Estava satisfeito por ter chegado tão perto do palácio sem chamar atenção e sem qualquer dificuldade. Era incrível como um mendigo podia ser invisível.

Entrar no museu àquela hora da noite, e de forma também clandestina, seria outra tarefa ainda mais desafiadora.

Mas ele sabia exatamente por onde ir.

🜚 🜚 🜚

*Cinco anos antes.*
Cristóvão conseguira trabalho na reforma do Museu Nacional como pintor de paredes. Estava cursando artes, desempregado, e tivera a sorte de ser contratado pela construtora responsável por aquela etapa da reforma, que consistia especialmente na recuperação da fachada do imponente prédio e na repintura de alguns dos cômodos, especialmente os que serviam às exposições. Numa certa manhã, enquanto trabalhava na parede lateral do palácio, ao lado do jardim das princesas, Cristóvão percebeu um movimento inusitado de trabalhadores correndo para o declive lateral do terreno que circunda o palácio, situado em uma colina. Intrigado, desceu da escada e acompanhou o grupo. Viu, então, um achado acidental. O chão afundara sob o peso de um dos operários, que caíra dentro do que parecia ser uma espécie de túnel. O trabalhador não teve maiores ferimentos a não ser escoriações. Na folga do meio-dia, Cristóvão decidira explorar o lugar antes que fosse fechado ainda naquela tarde. Sabia dos riscos de um novo desmoronamento, mas a empolgação de penetrar em um ambiente há quase dois séculos não pisado por pés humanos e provavelmente cheio de histórias o impeliu. Sentindo-se um verdadeiro Indiana Jones, munira-se de uma lanterna e entrara buraco adentro. A parte do túnel que se distanciava do palácio estava inacessível. O lado oposto, porém, após o rapaz escavar com as mãos

o monte de terra, removendo com certa dificuldade algumas pedras que haviam cedido, revelou a passagem subterrânea que poucos metros depois ingressava em algum cômodo do palácio. Era revestida de pedras, algumas das quais se destacavam perigosamente, como se a qualquer momento viessem a se soltar, causando novo desmoronamento. A altura deixava passar um homem médio, sem qualquer dificuldade. O túnel dava para um cômodo subterrâneo. Ali, uma escada de pedra levava a uma porta que provavelmente se abriria em um dos compartimentos do primeiro pavimento ou térreo. Do lado oposto, uma espécie de armário forrava a parede tosca, com prateleiras muito empoeiradas contendo alguns velhos vasos e cestos. O rapaz intuitivamente agarrou o armário e tentou deslocá-lo um pouco. Qual não foi sua surpresa ao encontrar atrás, escondida, uma porta de madeira com aproximadamente um metro e oitenta de altura. A fechadura era grande e antiga, por isso não foi difícil para o jovem destrancá-la, com habilidade e um pequeno esforço extra. Havia a partir dela um segundo túnel, mais baixo que o primeiro, seguindo como que para a frente do palácio. Entrou e caminhou por mais uma dezena de metros.

A passagem terminava numa espécie de chaminé alta e escura, com uma escada à esquerda que começava de pedra, de inclinação bastante acentuada, e em certa altura seguia formada por traves de ferro, quase vertical. O espaço era suficiente para um homem subir sem maiores dificuldades. O rapaz resolveu escalar para ver aonde daria a curiosa passagem. O ar ali era pesado e quente, antigo, e ele sentia a camisa pregar nas costas com o suor, que também escorria pelo rosto e encharcava as mãos, tornando-as perigosamente escorregadias.

Pouco mais de sete metros acima deu com uma portinhola de madeira na parede lateral esquerda do poço. Sob ela, uma pequena plataforma permitia o acesso sem maiores dificuldades. Não havia trancas na portinhola, apenas uma argola pendurada na lateral. Ela estava muito ajustada no umbral e somente com certo esforço o rapaz conseguiu abri-la um pouco, puxando pela argola. Logo reconheceu o ambiente. Era a sala reservada à exposição de arqueologia, provavelmente aquela que fica atrás da antiga sala do oratório da imperatriz Teresa Cristina, no segundo pavimento. Fechou cuidadosamente e seguiu pela escada, que se prolongava. Aproximadamente cinco metros acima ela terminava ao lado de outra portinhola, um pouco maior que a primeira, porém do lado oposto. Devia ser o terceiro pavimento. Ali, muitos suportes procuravam dar maior segurança a quem quer que se aventurasse a descer pela perigosa via. Ao conseguir liberar a pequena porta, que também abria para dentro mediante uma argola, constatou que dava para o ambiente identificado historicamente como o antigo quarto do imperador. Maravilhado com a descoberta, o rapaz retornou, tomando o cuidado de deixar tudo como antes, inclusive ocultando o melhor que pôde a entrada daquela nova passagem no cômodo subterrâneo. Saiu pelo buraco no jardim sem ser visto.

A finalidade do caminho subterrâneo era duvidosa. O rapaz já tinha ouvido boatos de que existira uma passagem secreta ligando o palácio, quando então ali residia o imperador Pedro I, à casa da sua mais conhecida amante, a marquesa de Santos, que ficava a poucas centenas de metros do paço imperial, também em São Cristóvão, no local onde hoje funciona o Museu do Primeiro Reinado. Ali realmente ainda hoje pode ser visto um buraco que alguns consideram a saída da suposta passagem. Seria aquele o famoso corredor do amor de D. Pedro I? Bastante improvável, por não parecer lógico. A casa da marquesa de Santos ficava no lado oposto, sendo necessário contornar o palácio. Ademais, eram separadas naquela época por uma área que costumava alagar, sendo muito custosa a construção de um túnel. Mais tarde, ainda durante a reforma, Cristóvão viria a conhecer uma segunda explicação: a de que o túnel descoberto, na verdade, seria uma antiga ligação entre o palácio e um prédio anexo, não mais existente, onde funcionaria uma cozinha. Essa informação era uma boa suposição acadêmica; mas as pessoas sempre escolhem acreditar na versão mais interessante e romântica.

Cristóvão, contudo, conhecendo toda a extensão oculta da passagem, concebera outra teoria. O torrilhão que se vê do lado direito do prédio somente fora construído na reforma que se deu após o final do Primeiro Reinado, portanto já sob o governo de D. Pedro II, igualando a arquitetura, pois o torrilhão do lado esquerdo já existia, construído por D. Pedro I. Assim, a passagem por ele descoberta seria, aparentemente, uma rota secreta de fuga a ser usada pelos membros da família imperial do Segundo Reinado, numa eventual situação de perigo, a partir do quarto do imperador ou de quaisquer dos pavimentos inferiores. *Se bem que aquela descida pela escada de ferro poderia ser bem mais perigosa do que qualquer outra ameaça externa que surgisse*, pensara o rapaz. Do lado de dentro dos cômodos, as portinholas das passagens estavam muito bem disfarçadas, e somente poderiam ser percebidas com um exame muito atencioso do local.

O buraco acidental no jardim fora fechado ainda naquela tarde com uma tampa de concreto em forma de alçapão, sobre o qual se replantou a grama.

O rapaz, por sua vez, guardara para si a descoberta do túnel secundário. Acreditava que a informação lhe poderia ser útil no futuro, de algum modo.

Estava certo nisso.

👑 👑 👑

Cristóvão não demorou para encontrar a pedra irregular que fora colocada no gramado, bem em cima do alçapão de concreto, marcando o local. Contudo, havia acompanhado o fechamento do túnel e sabia que não seria nada fácil reabri-lo.

Bendizendo a sorte de ser o local ao menos parcialmente escondido pela vegetação, e estando os olhos já acostumados com a pouquíssima iluminação, tirou do saco um pé de cabra e com ele escavou ao redor da pedra. A pouco mais de dez centímetros de profundidade encontrou a pequena laje. Rolou a pedra, encontrando sob ela uma alça de ferro encravada no concreto. Após remover toda a areia, tentou puxar a tampa para cima, mas foi em vão. Ela sequer se moveu. O rapaz não estava na sua melhor forma física. A doença o debilitava. Tateou procurando o limite da tampa. Os dedos rasparam com sofreguidão o concreto e localizaram o contorno. O tempo urgia. Procurou inserir o pé de cabra no diminuto espaço. Com a alavanca conseguiu finalmente mover a pedra, e, com a habilidade de um artista acostumado a tarefas milimétricas, removeu-a parcialmente, o suficiente para permitir sua entrada. Deslizou para dentro, porém sentindo a margem cortante do concreto escoriar a pele de seu peito sob a roupa, queimando como ferro quente. Com uma careta de dor no rosto, acendeu a lanterna e prosseguiu rapidamente pela passagem. Não tinha tempo a perder.

Abaixando-se aqui e acolá para não bater com a testa nas pedras irregulares, logo deu com o cômodo subterrâneo. Procurou se livrar de uma teia de aranha grudenta que envolveu seu rosto como um véu. Cuspiu com asco. Iluminou o quarto e se dirigiu direto para o antigo armário do lado oposto à escada de pedras, desobstruindo a passagem ali oculta. Abriu a porta e seguiu pelo túnel baixo quase engatinhando. Subiu com dificuldade pela escada de ferro. Parou ofegante ao lado da primeira portinhola. Procurou na mochila o aparelho bloqueador de sinais e acionou o dispositivo. Apagou a lanterna e, puxando bem devagar a argola de bronze, abriu uma pequena fresta da porta, tentando não fazer qualquer barulho, torcendo para não dar de cara com algum dos seguranças do museu. A sala de arqueologia mediterrânea estava na penumbra. Do portão que a ligava ao rol lateral vinha fraca iluminação. Cristóvão aguardou alguns minutos, e, como esperava, aquele setor recebeu a visita de dois guardas, que andavam apressados. Eles revistaram os ambientes com cuidado e se afastaram. O rapaz deduziu que a interferência no sinal do sistema de câmeras havia provocado aquele alvoroço anormal na segurança. Aguardou mais alguns minutos. Quando percebeu que os guardas haviam se afastado para outro setor, abriu a portinhola completamente e ingressou na sala.

Poucos passos depois estava à frente de uma das grandes portas do salão que abrigava a exposição egípcia.

※ ※ ※

Cristóvão logo avistou o que buscava. No centro da grande sala jazia dentro de um expositor de vidro o esquife contendo a múmia da sacerdotisa cantora de Amon, Sha-amun-em-su; a favorita do imperador.

Sua teoria era simples, mas completamente absurda para uma mente racional – o que certamente não mais parecia ser o caso dele àquela altura. Com efeito, o desespero da proximidade de uma morte terrível leva as pessoas a atitudes inexplicáveis para o senso comum, e aquele sonho esquisito fora encarado por ele como a revelação de uma divindade, dos deuses, do infinito, da consciência cósmica, do inconsciente, de algum ser extraterrestre, ou fosse lá o que fosse. Fato é que lhe pareceu bastante lógico o que se propunha a fazer.

A lenda de Smendes falava de uma misteriosa pedra caída do céu que possuía incríveis poderes de cura, e que o faraó utilizou para tentar ressuscitar sua esposa precocemente morta. Para isso, com um pedaço dessa pedra ele mandara confeccionar o escaravelho-coração, que colocou sobre o corpo mumificado da amada. Um amuleto desse tipo possuía grande importância para o falecido na religião do Antigo Egito. Deveria conter inscrições do Livro dos Mortos e advertências destinadas a evitar que o coração do defunto afirmasse algo que prejudicasse o seu portador no julgamento perante o tribunal dos mortos. Segundo a crença ancestral daquele povo, a inteligência e a consciência residiam no coração. O escaravelho, por sua vez, simbolizava a crença na imortalidade. O faraó Smendes obtivera em sonho o que pensou ser uma revelação, e realmente acreditou que a pedra maravilhosa, se esculpida sob a forma do escaravelho-coração, teria o poder de ressuscitar sua esposa no mundo terrestre. Durante alguns anos ele esperou, e enquanto isso sua energia vital era assimilada pelo amuleto misterioso até o ponto em que alguma coisa enigmática aconteceu, provocando a ira do deus Rá.

Dizia ainda a lenda que os demais pedaços da pedra do céu sumiram após a trágica vingança da deusa Sekhmet, e a partir daí a sociedade do escorpião tratou de violar tumbas para separar os amuletos das múmias, de modo a evitar a nova vinda da deusa da vingança. Não conseguiram isso em relação à múmia presenteada a Dom Pedro II, que a conservara intacta em seu gabinete. Enquanto isso, a energia vital do imperador diminuiu drasticamente durante o período em que manteve o cadáver embalsamado junto de si, tal como ocorrera com o faraó Smendes.

Seria tudo aquilo indícios de que o escaravelho-coração que ainda estava na múmia de Sha-amun-em-su fora esculpido num dos pedaços da pedra celestial milagrosa? E, se fosse assim, teria aquela pedra de alguma forma acumulado energia vital humana durante todos aqueles anos de convivência com o velho imperador, e também com as visitações diárias ao Museu Nacional desde que fora exposta ao público? Com que finalidade? E, por fim, a questão mais importante para Cristóvão: teria essa pedra sagrada, oriunda de algum outro mundo ou dimensão, do mundo dos deuses, o poder de curar o câncer que o devorava? Ele estava convicto de que sim. Tudo por causa daquele sonho perturbador. E agora estava ali, diante do esquife de Sha-amun-em-su, para tentar resgatar furtivamente o escaravelho-coração da milenar múmia.

Tirou dos ombros a bolsa tiracolo pesada e a descansou brevemente no chão. Estava trêmulo e nervoso. Suas mãos suavam sem cessar. Havia rondas noturnas periódicas dentro do museu, e o que menos desejava era ser flagrado abrindo o vidro de um expositor e surrupiando um velho amuleto sem valor de dentro de um caixão de defunto de quase três mil anos. Seria o fim de sua carreira. Mas sorriu com amargura ao pensar que sua carreira teria fim de qualquer jeito, e no máximo em um mês.

Embora tivesse tido acesso ao Museu Nacional, ali realizando trabalhos de pintura de parede ou mesmo algumas restaurações *in loco*, e gostasse muito de assuntos relacionados a arqueologia, sempre adiara uma visita à sala que guardava as centenas de itens da velha civilização egípcia adquiridos pelos dois imperadores. Esperava fazê-la em um momento mais oportuno – sempre adiado –, quando poderia observar cuidadosamente cada um daqueles curiosos objetos e também as múmias, apavorantes e sinistras.

Era certo que dois dias antes estivera naquele ambiente, mas apenas para observar o sistema de câmeras de segurança e se certificar de que nada estaria obstruindo a portinhola da passagem secreta que dava para o segundo pavimento. Também observara o esquife de Sha--amun-em-su, mas somente com a intenção de procurar uma forma prática de violá-lo sem causar danos.

Agora, ali, imerso naquela atmosfera sombria e tenebrosa, cercado por corpos humanos sem vida, ressequidos, que andaram sobre a terra há milhares de anos, todos como que descansando naquela quase total escuridão, tudo lhe parecia ainda mais misterioso e aterrorizante. Olhou ao seu redor completamente fascinado e sentiu um arrepio gelado percorrer-lhe a espinha. Ficou arrepiado.

Respirou fundo e procurou relaxar. Não era hora para medos infantis.

Andou mais alguns passos e finalmente se deteve diante do esquife de Sha-amun-em-su. Iluminou com a pequena lanterna os magníficos desenhos vivamente coloridos que superaram o tempo.

E de repente algo lhe chamou a atenção. Um detalhe que o fez ficar intrigado. Na parte superior do caixão milenar, em cujo interior descansava a cabeça da múmia inviolada, estava esculpida e pintada a imagem de um rosto. Não tinha atentado para ele antes. Olhou admirado para o rosto de Sha-amun-em-su. O rosto de... Elise!

※ ※ ※

Cristóvão permaneceu parado como uma estátua por alguns minutos, surpreendido com a curiosa semelhança. Teria aquilo algum significado mais profundo? Existiria alguma ligação entre as duas? Talvez fossem a mesma pessoa. A mente do rapaz devaneava num turbilhão, especialmente emocionado por se deparar inesperadamente com o rosto da amada. Respirou fundo e procurou se acalmar. Era loucura. Tudo certamente não passava de mera coincidência. Uma estranha coincidência.

Em um dado instante percebeu, alarmado, que já tinha perdido muito tempo, e imediatamente se pôs a trabalhar.

Agachou-se, abriu a bolsa e sacou a ventosa. Avaliou as três opções que tinha. A primeira seria, a princípio, mais fácil. É que faltava a parte do ataúde de madeira correspondente aos pés. Estava aberto e dava para ver a sola de ambos os pés da múmia enfaixados no tecido envelhecido. Por ali teria fácil acesso ao interior do caixão, mas certamente teria dificuldades em alcançar o amuleto, já supondo também que ele poderia estar preso por alguma corrente passada ao pescoço da defunta. Engatinhou para o lado da cabeça. Ali percebeu uma espécie de fenda na emenda entre a parte inferior e a tampa do esquife. Poderia passar por ali a câmera e facilmente ter acesso ao amuleto. Contudo, a fenda não tinha mais que um centímetro de largura, e o manejo do equipamento improvisado poderia ser penoso e até infrutífero.

Restava a terceira opção, a mais invasiva, mas também mais promissora. Do lado esquerdo do caixão, bem à altura do peito da múmia, um pedaço considerável da madeira havia sido quebrado e colado. Segundo leu na pequena placa disposta no vidro ao lado dos pés do esquife, D. Pedro II o guardava em pé, no seu gabinete de trabalho, perto de uma janela. Um dia uma violenta tempestade fez com que a aldrava da janela atingisse o sarcófago, quebrando uma parte da sua lateral. O lado esquerdo avariado foi reparado, sendo essa intervenção perfeitamente visível até hoje, especialmente em virtude da junção malfeita e da notável diferença nos padrões dos desenhos. Um *péssimo trabalho de restauração*, pensou o rapaz. Ele teria feito muito melhor. Escolheu aquela opção, bem mais trabalhosa, mas que garantiria um acesso fácil e direto ao amuleto, talvez até dispensando o uso da câmera.

Fixou a ventosa no tampo de vidro do expositor correspondente ao ponto restaurado do esquife e amarrou nela um pequeno fio de náilon. Na outra ponta do fio prendeu uma caneta com ponta de diamante que utilizava para cortar vidros nos trabalhos de restauração, deixando uma distância de aproximadamente dez centímetros. Girou a caneta fazendo um círculo perfeito, segurando com firmeza a ventosa. Forçou um pouco para fora e percebeu, satisfeito, que a roda de vidro se desprendeu, deixando livre uma passagem de pouco menos de vinte centímetros de diâmetro.

Tirou da sacola um formão em gancho, como um pequeno pé de cabra, e procurou apoiá-lo numa brecha da junção malfeita. Aos poucos forçou, procurando desprender a madeira colada. Segundos depois ouviu um pequeno estalo. A madeira se desprendera. Ele respirou aliviado. A cola, assim como o trabalho, não era das melhores. Felizmente. Descansou o pedaço de madeira com pouco mais de trinta centímetros em cima do esquife e iluminou o interior. Dava para ver parte da múmia, envolta em velhos tecidos de uma cor amarela escura, quase âmbar. Não conseguiu, porém, vislumbrar o amuleto, e isso o fez estremecer. Teria sido retirado? Talvez se rompera o cordão que o prendia e caíra pela abertura que havia debaixo dos pés da múmia. Ou poderia ainda estar preso em alguma parte no interior do caixão. Mesmo essa segunda hipótese seria péssima, pois talvez não conseguisse encontrá-lo.

Nervoso, o rapaz rapidamente apanhou o fio de metal grosso e o desenrolou, formando uma vareta. Fez um gancho duplo numa das pontas. Depois, desenrolou também o fio da câmera endoscópica e o prendeu ao longo da vareta com fita isolante, deixando a ponta com a câmara e a lâmpada de LED muito segura, com várias voltas da fita, cerca de dez centímetros antes do gancho duplo. Conectou a entrada USB no netbook, ligando o pequeno aparelho. Um minuto depois, que pareceu uma hora, a tela de sete polegadas apresentava de forma nítida a imagem capturada pela câmera.

Com o coração parecendo saltar pela boca, mas procurando manter a firmeza dos movimentos, Cristóvão começou a introduzir a ponta com gancho duplo no estreito espaço que havia entre o corpo mumificado e a tampa superior do ataúde. Lentamente foi direcionando e empurrando a vareta, que aos poucos ia penetrando a escuridão da urna funerária. Olhou a tela do computador e teve a primeira visão do interior do ataúde em milênios. A sensação era estranha e maravilhosa. Como explorar com segurança um mundo desconhecido, jamais visitado.

Mas naquele exato momento escutou um barulho de passos. Era a ronda da noite. O rapaz começou a ofegar. Não poderia ser descoberto quando estava tão próximo de seu objetivo. Rapidamente dobrou a tela do computador para que a claridade não o denunciasse. Sacou a tomada USB e procurou ocultar o rolo de fio excedente, metendo-o no espaço aberto na lateral do esquife. Tentou se esconder como pôde por detrás da base branca do expositor, que na verdade não oferecia muita proteção.

Quando os passos estavam mais fortes e pareciam quase adentrar no grande portal, Cristóvão lembrou-se do pedaço de madeira deixado sobre o esquife, num local que seria facilmente avistado da porta. Respirou fundo e, numa rapidez impressionante, meteu o braço pela pequena janela circular aberta no vidro e alcançou o objeto, resgatando-o bem a tempo, aproveitando para se ocultar melhor atrás do expositor.

Uma figura enorme surgiu no portal, e a penumbra que reinava no salão foi dissipada brevemente com a claridade súbita do foco de luz de uma lanterna, acesa com um clique discreto que ressoou pelo ambiente. Cristóvão ficou imóvel, fechando os olhos com força, como se aquele gesto tivesse o poder de mantê-lo ainda mais protegido. Viu-se orando mentalmente para que o vigilante não percebesse nada de anormal, nem resolvesse entrar no salão. Alguns segundos de tensão. O coração do rapaz batia tão alto que ele temia ser escutado e descoberto no seu precário esconderijo. A vareta permanecia parcialmente inserida no esquife, e o rolo de fio começou perigosamente a se desenrolar sozinho, devagar. Cairia por dentro do expositor e denunciaria a presença do intruso.

Mas no exato instante em que o pequeno rolo de fios despencou, a luz da lanterna foi apagada e o passo pesado do guarda corpulento produziu na madeira centenária do piso um som alto abafado seguido de um leve rangido que sufocou o ruído da queda. O som dos passos foi diminuindo, se afastando, lentos e arrastados. Cristóvão soltou o ar que mantivera preso nos pulmões com um sopro prolongado. Respirou profundamente algumas vezes e limpou o suor no rosto com a manga da camisa. Esperou o coração se acalmar. Um minuto depois, mais calmo, retomava a exploração do interior do esquife.

Após religar o cabo USB no netbook, ele avançou com a câmera mais alguns centímetros e finalmente sorriu aliviado. Avistou o que poderia ser o precioso amuleto. Focalizou a câmera com cuidado. Sim, o cobiçado objeto ainda estava ali. O escaravelho-coração da sacerdotisa Sha-amun-em-su era composto por uma pedra verde ovalada encaixada em uma placa de ouro que se prendia como um pingente a um cordão igualmente dourado. Ele descansava sobre o peito da múmia, parcialmente escondido sob as dobras do velho tecido que a envolvia.

Cristóvão procurou encaixar o gancho duplo na pedra e deu um leve puxão, torcendo para que o objeto estivesse solto. Percebeu que não seria tão fácil. O cordão estava preso, realmente passado ao pescoço da múmia, como era de se esperar. Não podia forçar mais, pois haveria o risco de seccionar o pescoço, o que seria inadmissível e imperdoável. Precisava arranjar uma maneira de retirar o amuleto sem profanar os restos mortais da sacerdotisa de Amon.

Pacientemente, retirou a vareta e moldou um novo gancho, desta vez como se fosse um "S" invertido.

Em virtude do novo formato da ponta, teve dificuldade em reintroduzir a vareta com a câmera no interior do esquife, pois tendia a ficar presa nas bandagens. Cuidadosamente, porém, como se fosse um cirurgião, ele manobrava a vareta guiando-se pela câmera. Finalmente conseguiu chegar novamente ao escaravelho-coração. Encaixou a ponta do novo gancho no cordão e tentou passá-lo por trás da cabeça da múmia. Outra dificuldade encontrou quando o cordão foi retido pela parte de baixo da cabeça. Com paciência e perseverança, porém, e após várias tentativas, conseguiu liberar o colar, passando-o finalmente por sobre a cabeça da sacerdotisa defunta. E, assim, utilizando a outra parte do gancho, pescou o pingente, puxando-o com todo o cuidado de que foi capaz.

Exultou de alegria quando finalmente segurou em suas mãos trêmulas o pequeno objeto milenar que poderia ser a cura do seu mal. Após admirá-lo por um instante, guardou-o no bolso da calça. Para concluir o trabalho, apanhou uma cola especial na bolsa e, com sua natural habilidade, colou o pedaço de madeira. Em virtude da sua mania de perfeição, tentara dar uma melhor aparência ao remendo, mas se deu conta de que não teria tempo. Deixou do exato jeito que o havia encontrado. Em seguida recolocou o círculo de vidro de forma que somente um olhar mais cuidadoso poderia detectar a junção. Ajudaria o fato de aquele ambiente ser artificialmente mal iluminado para auxiliar na preservação dos restos mortais ali expostos.

Finalmente juntou suas coisas e se pôs a sair.

Mas uma forte sensação no peito o fez se voltar novamente para o esquife de Sha-amun-em-su. Sentiu que faltava fazer algo importante. Então, quase instintivamente, fez uma reverência longa e respeitosa à falecida. Numa prece silenciosa, agradeceu o favor. Terminou prometendo restituir-lhe o amuleto algum dia, e já sabia como: iria propor uma verdadeira restauração completamente gratuita no velho depositário da sacerdotisa de Amon.

Olhou o relógio e se surpreendeu. Já passava das duas horas da madrugada.

XXII

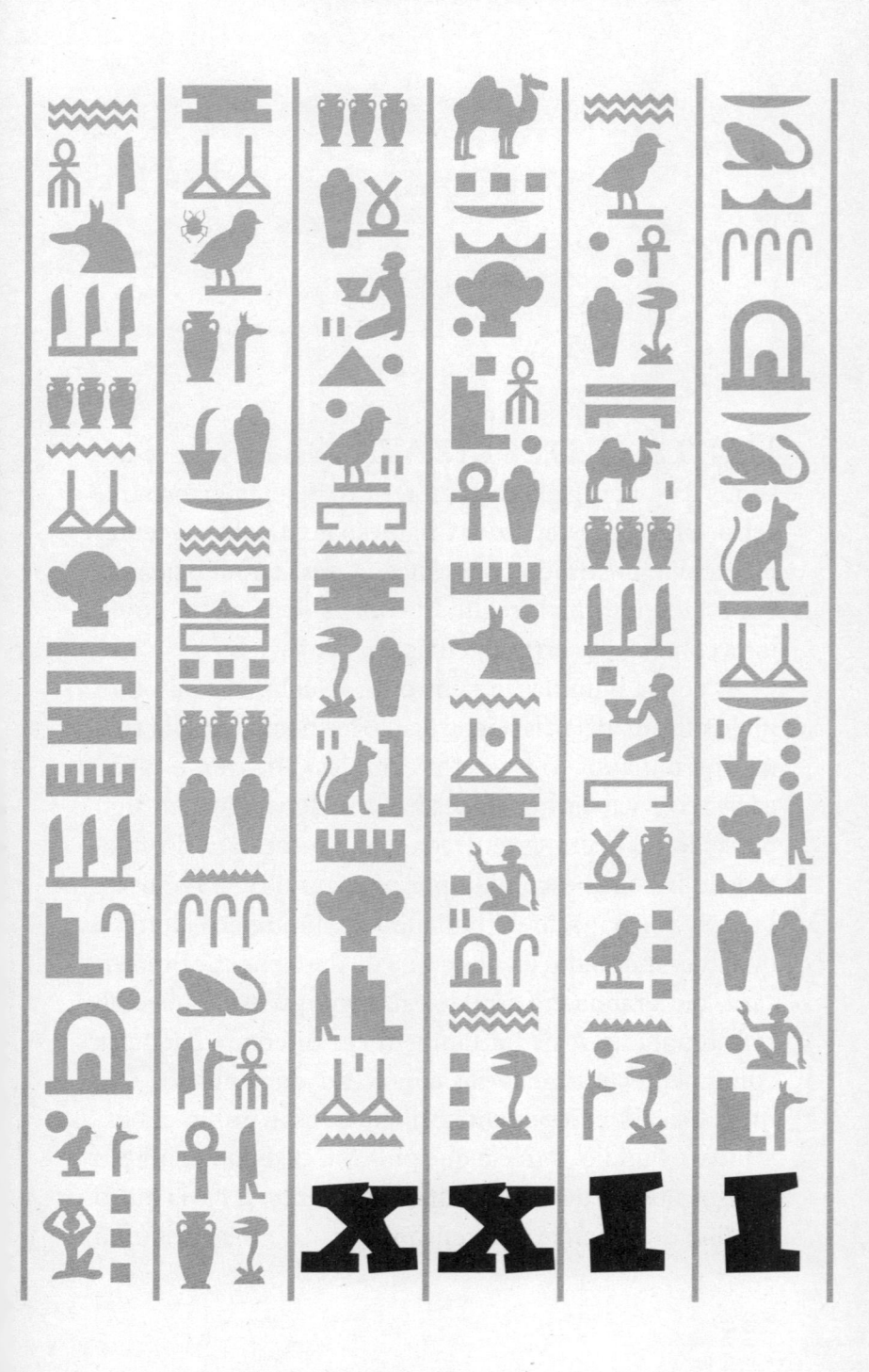

UM TÁXI DESLIZAVA pelas ruas quase desertas da madrugada carioca. Dentro dele, no banco traseiro, o jovem restaurador Cristóvão Fernandes, recentemente diagnosticado com câncer agressivo no pâncreas em estado terminal, segurava com as duas mãos, como uma concha, um estranho objeto.

A pouca iluminação dentro do veículo, vez ou outra intensificada pela claridade das luzes nos postes da rua, não permitia que o visse em detalhes. Todavia, o rapaz estava convicto de que nunca havia se deparado com algo parecido. A pedra esverdeada tinha o formato do misterioso besouro esculpido por mãos muito habilidosas. Parecia que o inseto do tamanho de um limão saltaria a qualquer momento da placa fina de ouro em que descansava, tão grande era a perfeição com que o escaravelho fora retratado. A pedra também era diferente daquelas comumente utilizadas na confecção do amuleto. Ora meio fosca, ora levemente brilhante, esse brilho era estranho e fugidio. Parecia que pulsava, como um coração real, oscilando de forma lenta e constante. E havia outro detalhe que chamava a atenção do rapaz: o escaravelho de pedra era incrivelmente pesado para o tamanho que tinha. Como se fosse, na verdade, de chumbo.

O táxi parou finalmente em frente ao prédio no Méier e o rapaz saltou, pagando a corrida com notas miúdas. Ele cumprimentou o porteiro com um gesto, subiu pelo elevador e, entrando finalmente no apartamento, respirou aliviado.

Após se livrar da roupa ainda molhada de suor, entrou embaixo do chuveiro de água levemente morna. Sentiu como se toda a tensão daquela noite escoasse pelo ralo com a água. Permaneceu assim por infindáveis minutos, a testa escorada na parede, a água morna escorrendo, relaxando aos poucos os músculos tensionados e doloridos. Depois de uma eternidade, finalmente saiu do banho. Arrastou-se pelo quarto como um zumbi, a água pingando, molhando o chão, e tombou na cama, segurando sobre o peito nu o amuleto roubado da múmia.

Esgotado e entorpecido, perdeu os sentidos.

Por quase doze horas Cristóvão permaneceu profundamente adormecido, como um cadáver no leito de morte. Finalmente foi despertado pela sua nova conhecida, a incômoda e persistente dor abdominal. Já era tarde de sexta-feira. O sono restaurou um pouco de suas forças, mas o amuleto em nada melhorara seu mal. Desanimado, resolveu não tomar o analgésico. Não tinha coragem sequer para escorregar da cama. Os minutos se arrastaram, e no apartamento somente se ouvia o tic tac monótono do relógio vindo da sala.

A tarde estava quente e abafada. O tempo escuro prenunciava uma tempestade de verão.

Uma verdadeira batalha começou a se travar na mente perturbada do rapaz. Seu lado mais racional se manifestou tentando convencê-lo de que fizera uma tremenda bobagem, mas esse momento de lucidez foi logo sufocado pela esperança quase insana no poder de cura sobrenatural daquela pedra antiga. Não podia acabar em nada; não depois de todo aquele esforço da noite anterior. Tinha certeza de que algo ou alguma coisa conspirara para ele encontrar o manuscrito do imperador num momento crítico de sua vida, com aquela informação preciosa sobre o amuleto egípcio. E mais uma vez agarrou-se como pôde ao frágil e difuso fio de esperança.

Respirou fundo e, sentindo-se mais sereno, procurou conceber uma espécie de ritual que poderia ativar o mecanismo de cura. Certamente faltava alguma coisa; talvez uma invocação mágica que provocasse os antigos deuses. Durante aqueles últimos dias o rapaz havia pesquisado fórmulas e invocações dos antigos egípcios eternizadas nas inscrições em hieróglifos de pirâmides e tumbas dos seus reis. Uma em especial achara apropriada, pois implorava vida longa, tudo o que ele mais desejava naquele momento. O câncer iria embora e ele poderia, enfim, viver feliz ao lado de Elise, a verdadeira força motriz de toda aquela loucura.

A prece havia sido descoberta na pirâmide do faraó Pepi, e era dirigida a uma divindade chamada Amen-Rá, ou o "oculto" Rá. Cristóvão passou a repeti-la em voz alta:

— Amen-Rá, dê sustento e vida a este que invoca teu poder. Dê seu alimento eterno; dê sua bebida perpétua!

Repetiu incansavelmente e com frenesi aquelas palavras antigas, enquanto segurava o amuleto entre os dedos da mão direita, mantendo-o sobre o plexo solar. De repente, dentro da sua mente começou a surgir uma ideia que lhe pareceu estar sendo plantada por algum pensamento externo, estranho, como se fosse uma ordem telepática: o ritual não estava completo. Era preciso algo mais; um ingrediente especial. Formou-se a convicção de que deveria oferecer algo de si, da sua própria essência, uma pequena parte do seu DNA. Fez força fechando o antigo amuleto egípcio na sua mão direita; tanto que uma das bordas da fina lâmina de ouro penetrou na carne e uma gota de sangue escorreu. Ela foi inteiramente absorvida pelo escaravelho.

Então, uma coisa muito estranha sucedeu às três horas daquela tarde abafada de março na cidade do Rio de Janeiro. Ao mesmo tempo, no lado oposto da terra, em algum ponto sobre o mar das Filipinas, onde eram exatamente três horas da madrugada, a *hora morta*, a *hora macabra*, algo terrível aconteceu.

👑 👑 👑

Se alguém no Méier estivesse olhando por alguma razão para o oitavo andar do prédio número 1502 da rua

Isolina às três horas daquela tarde chuvosa de março, teria visto, antes do apagão que deixou a cidade do Rio de Janeiro completamente sem energia elétrica por quase meia hora, um *flash* de luz verde aparentemente saindo dele e se espalhando por todos os lados, clareando o céu carioca num átimo de segundo, acompanhado de um baque surdo, como saído de um gigantesco alto-falante supergrave, que gerou uma onda de choque no ar, espatifando vidros de janelas de prédios, vitrines de lojas e para-brisas de veículos.

Mas aquilo, na verdade, poderia ser apenas uma impressão, pois o clarão esverdeado foi tão rápido que olhos humanos não poderiam estabelecer com certeza o ponto de origem. O fenômeno foi certamente tomado pelos incautos moradores e turistas como um relâmpago e um trovão incomuns, da tempestade que se intensificava.

No momento em que o fenômeno aconteceu, Cristóvão sentiu um intenso choque que convulsionou todos os músculos do seu corpo. Foi como uma descarga elétrica de milhares de volts. A língua dele se enrolou, quase o sufocando. Seus membros se contraíram e se estenderam violentamente, projetando o corpo para cima, num arco grotesco. O amuleto foi jogado contra o teto e caiu no chão, com a fina placa de ouro completamente deformada. O escaravelho de pedra, contudo, permaneceu intacto.

O rapaz se sentou na cama, aturdido, ofegante, e segurou a cabeça com as mãos. Da rua gritavam sirenes e alarmes, numa sinfonia desafinada e irritante. Ele se levantou ainda tonto, e, embrulhado no lençol, caminhou aos tropeços em direção à sacada do apartamento. O espanto se espalhava pela cidade. Nas janelas de todos os prédios surgiam cabeças assustadas.

Alguma coisa realmente fora do normal acontecera. Cristóvão ainda sentia no tórax e no abdômen uma sensação de peso, de aperto, como se tivesse sofrido uma grande pressão. Teria dado certo sua experiência?

Aos poucos, o barulho ensurdecedor das sirenes foi silenciando, desativadas pelos controles dos donos dos veículos que encheram as ruas das redondezas, pasmados, lamentando prejuízos.

Quando a energia elétrica foi finalmente restabelecida, Cristóvão retornou para a sala. Sentou-se no sofá, apalpando o abdômen. Sentia um resquício de dor, talvez decorrente da forte convulsão. Respirou fundo, e esse ato ainda lhe foi doloroso. Estendeu-se e ligou a TV. Percebeu que havia deixado o aparelho celular desligado desde que descera do metrô nas proximidades do Museu Nacional. Ligou-o também. Imediatamente apareceram mensagens indicando chamadas recebidas. O número era o de Elise. Olhou para a TV e não havia sinal. Tentou retornar as ligações, mas chamava e ninguém atendia, até cair na caixa de mensagens. Repetiu a ligação muitas vezes, com impaciência, sem nenhum sucesso. Deu-se conta de que Elise estaria naquela hora em pleno voo entre a Malásia e a China, quando seria madrugada. Mas nesse caso o telefone deveria dar sinal de desligado. Estranhou aquilo.

De repente, a luz azulada da TV iluminou a sala, ao mesmo tempo que na pequena tela do smartphone apareceu mais uma mensagem tardiamente transmitida:

"Oi, amor, onde está você? Fiquei preocupada com o tom da nossa última conversa. Estou embarcando agora para Pequim. Quando chegar por lá, entrarei em contato. Muitas saudades. Bjs."

Ele suspirou. Tudo o que queria naquele momento era falar com Elise. A dor continuava, latente, e o desengano tomava conta de si. Começou a duvidar do sucesso do ritual incomum. Não parecia ter dado qualquer resultado o que fizera; no final, uma estranha e inútil loucura. Mais do que nunca, sentiu a urgência de estar com sua amada naqueles prováveis últimos dias de vida.

Então, uma chamada de plantão jornalístico apareceu na tela da TV. Noticiava o estranho fenômeno daquela tarde no Rio de Janeiro, e concluía com uma notícia perturbadora: o desaparecimento, ao mesmo tempo, em pleno voo, de um avião repleto de passageiros na rota aérea entre Kuala Lumpur, na Malásia, e Pequim, na China.

※ ※ ※

Duzentas e trinta e nove pessoas desapareceram junto com o Boeing 777 sobre os mares do Extremo Oriente na madrugada de 8 de março, hora local, tarde de 7 de março na cidade carioca. Os jornais televisivos de todos os canais passaram a noticiar o fato a cada edição. Buscas eram realizadas, sem sucesso. Misteriosamente, nenhuma mensagem de socorro ou de pânico fora captada por torres de aviação civis ou militares da ampla área em que o avião tinha sido detectado pela última vez. Nenhum destroço da aeronave ou corpo de passageiro foi avistado durante as primeiras buscas.

Cristóvão tentou um sem-número de vezes telefonar para Elise. Chamava até cair a linha. *Como um morto*, pensou, abalado. Ficou zanzando pela sala, os olhos grudados na tela da TV, que não parava de repetir em cada noticioso os detalhes do desaparecimento inusitado.

A noite avançava lentamente. Ainda sem qualquer notícia da amada, o rapaz resolveu pesquisar na internet notícias sobre o voo. Com os dedos trêmulos, o coração parecendo querer explodir no peito, manejava o mouse, ansioso, clicando em todos os links relacionados ao fato, a maioria em língua estrangeira que não entendia. Finalmente encontrou um site em inglês contendo a lista dos passageiros e tripulantes que haviam embarcado naquele avião.

Então Cristóvão foi tomado por uma vertigem que quase o fez perder os sentidos. Entre lágrimas, mal conseguiu acreditar quando distinguiu na lista fatal o *nome de Elise*.

♛ ♛ ♛

Ao finalmente tomar consciência da tragédia, Cristóvão arriou num choro convulsivo, como uma criança desesperada. Por um longo tempo permaneceu lamentando, negando, questionando.

Num dado instante seu celular tocou, e ele correu para o aparelho, agarrando-se a um fio de esperança. Um número desconhecido, talvez fosse ela. Do outro lado a voz era feminina, mas Cristóvão reconheceu ser Ana Cláudia. Ela dizia que soubera da provável morte da amiga e perguntava se ele tinha tido alguma outra notícia. Também ela tivera esperanças, que foram anuladas pela resposta negativa do rapaz. Combinaram de se encontrar, os três amigos, na manhã seguinte para procurarem notícias.

Por impulso, uma nova tentativa para o número de Elise. Chamou até cair a linha. Ninguém do outro lado.

Arriado na poltrona, premido por aquele drama inesperado, Cristóvão havia se esquecido de si mesmo. Foi quando subitamente se deu conta de que suas dores físicas não mais eram sentidas. Respirou fundo e pressionou o abdômen, preparando-se para uma dor aguda que, no entanto, não veio. Não havia o mínimo incômodo. Ao mesmo tempo, percebeu em si uma energia renovada, vigor físico notável, nada parecido com o estado de lamúria no qual havia deixado o enorme prédio da Quinta da Boa Vista no início da madrugada.

Havia acontecido algo, de fato; alguma coisa sobrenatural e inexplicável, que podia ter salvado sua vida. Mas ao mesmo tempo que se tornava convicto da cura, Cristóvão a relacionou ao sacrifício de centenas de outras vidas no estranho incidente ocorrido no lado oposto do mundo, dentre elas sua amada Elise. A comparação com a lenda do faraó Smendes foi inevitável.

Desolado, o rapaz se afogou em remorso, enquanto lá fora o mundo desabava numa tempestade.

Amen-Rá, Sekhmet ou quem quer que fosse havia cobrado seu preço.

XXIII

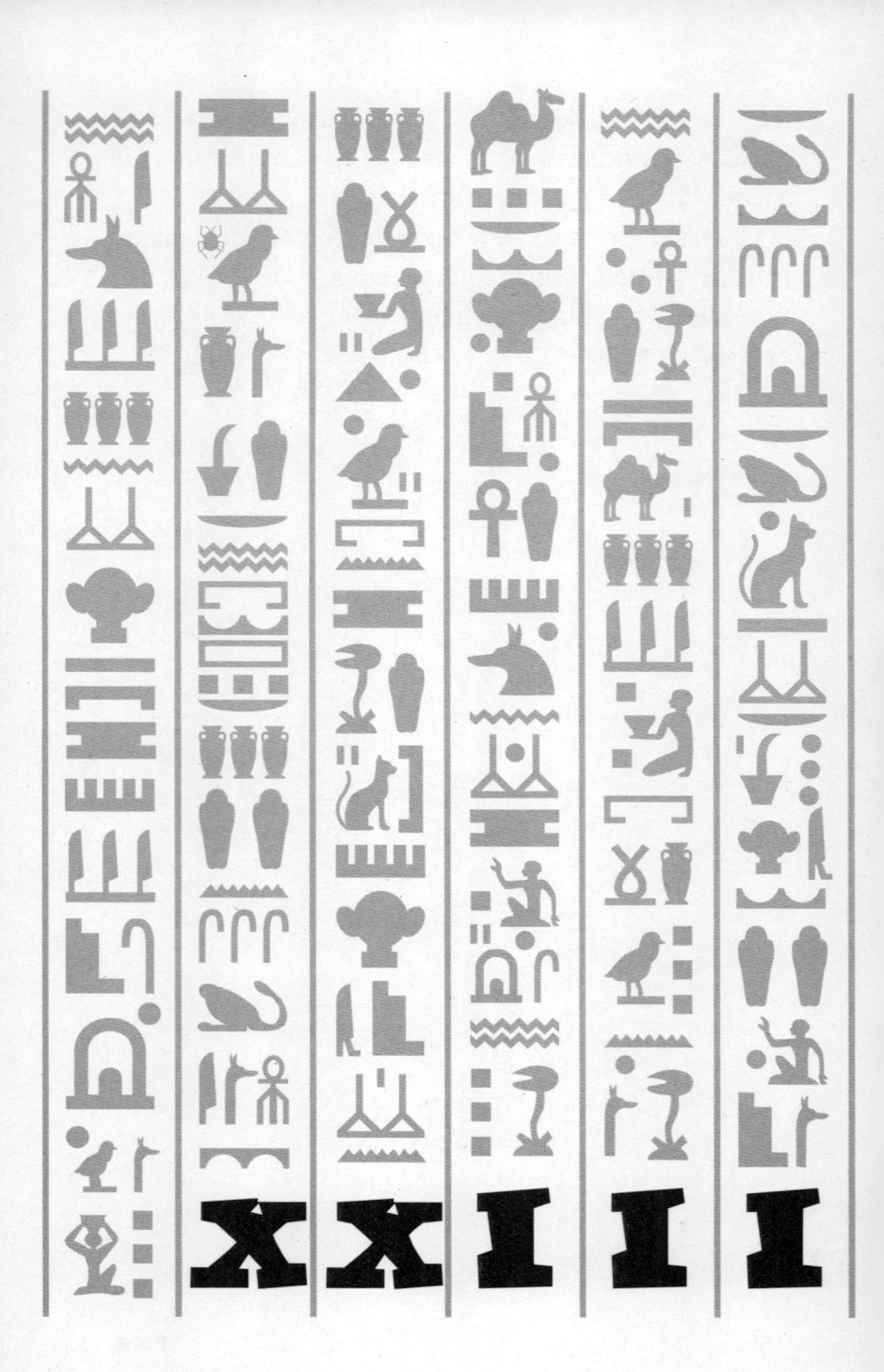

A NOTÍCIA FUNESTA do desaparecimento de Elise com mais 238 almas não foi a única coisa que atormentou Cristóvão a partir daquele dia fatídico. Com a chegada da madrugada, ficou evidente que o tributo seria bem mais sombrio, e logo teve início sua pena.

Dali em diante ele passou a ter pesadelos medonhos. Na verdade, pareciam mais do que pesadelos. Ele morria todas as noites, literalmente. Exatamente às três da madrugada. Sentia nessa hora sombria um adormecer incontrolável e a agonia gélida da morte. Sua alma era arrancada do corpo e arrastada com violência por um vulto híbrido com cabeça de chacal para um mundo escuro de horror sem fim, cheio de gritos lancinantes e de seres disformes. Ressurgia somente com a primeira claridade de cada manhã.

Todos os dias o pânico tomava conta do rapaz quando a noite caía. Medo sincero de não mais retornar para este mundo. Ele tentava com todas as suas forças se manter acordado; em vão. Em desespero, agarrava-se às arestas do colchão, mas se via puxado pela força irresistível e mergulhava no terror.

Não conseguia descrever o que via, ouvia ou sentia naquele mundo hediondo ao dele ser vomitado com as primeiras luzes da aurora. O resultado, contudo, tornava-se visível para os que conviviam com o jovem restaurador. Embora realmente curado do câncer, ele passou a viver assustadiço, com sobressaltos inesperados, como que acossado por algo invisível, uma presença maligna que o espreitava. Era perceptível o seu esgotamento.

Cristóvão Fernandes viu-se preso entre duas dimensões após ter feito uso do misterioso amuleto egípcio. Sentia-se numa ratoeira infernal, pobre vítima de um roteiro incompreensível, uma trama macabra escrita por mãos ocultas. E cada vez mais crescia dentro de si o pavor pela morte eterna; o terrível momento em que não mais encontraria o caminho de volta numa das madrugadas da sua vida.

☠ ☠ ☠

Os anos se passavam sem qualquer novidade relevante sobre os desaparecidos no voo da Malásia. Surgiram histórias de sequestro e abate do avião por questões militares, nunca confirmadas. Vez ou outra pipocavam notícias sobre o encontro de destroços da aeronave, também logo desmentidas. Sem que tenha sido encontrado qualquer vestígio da aeronave ou de seus passageiros, apesar de milhões de dólares gastos nas buscas, o caso se tornou um dos maiores mistérios da aviação mundial.

☠ ☠ ☠

Por duas vezes o apartamento de Cristóvão foi invadido. Móveis, roupas e objetos foram revirados como se procurassem algo. Não levaram nada. Ele desconfiou do motivo, e sua cabeça imaginativa logo suspeitou quem seriam os invasores. Procurando se livrar do amuleto perigoso que havia escondido em um ralo da sacada, e numa vã tentativa de também se libertar da maldição que o atormentava, o rapaz devolveu furtivamente o besouro de pedra à sua dona finada, certa noite, da mesma maneira que o havia obtido. Aproveitou e também escondeu dentro do sarcófago egípcio da sacerdotisa de Amon o manuscrito do imperador. Que outro lugar seria mais apropriado para guardar eternamente um texto de conteúdo tão delicado e perigoso?

Sobrevivendo em meio a pesadelos horrendos e torturantes, e sofrendo com o remorso e a perda de Elise, Cristóvão Fernandes definhava. Parecia cada vez menos um homem. Era um trapo humano precocemente envelhecido, desbotado, triste.

Era uma *múmia viva*.

👑 👑 👑

Na segunda quinzena de março de 2018, um vídeo acompanhado de textos e documentos começou a se espalhar em sites e blogs especializados em teorias de conspiração. De acordo com a reportagem, a gravação da caixa preta do último voo de um Boeing 777 da companhia aérea Malaysia Airlines teria mostrado que o sumiço da aeronave – que ia de Kuala Lumpur para Pequim – foi causado por seres não humanos.

A estranha mensagem, em código militar, dizia assim: *"sos perigo sos, é terrível para você evacuar seja cauteloso, eles não são humanos 042933964230 sos perigo SOS."*

🜲 🜲 🜲

Na noite de 2 de setembro de 2018, um misterioso incêndio consumiu inteiramente o Museu Nacional do Rio de Janeiro, sob o olhar atônito do mundo. Quase todo o acervo de milhões de peças, algumas delas com milênios de história, virou cinzas.

Em meio à pequena multidão que se aglomerava, chocada, diante do imenso prédio histórico tomado pelo fogo, um homem se dispôs a ajudar um soldado do corpo de bombeiros que quase fora lançado para trás pelo empuxo de uma mangueira. Ele segurou com firmeza o bocal donde jorrava um jato d'água que se mostrava inofensivo às enormes chamas. No dorso da sua mão direita, bem próximo ao pulso, pôde-se ver, no lampejo da claridade do fogo, a tatuagem de um escorpião sobre um escaravelho.

🜲 🜲 🜲

Sob um monte de escombros, cinzas e brasas, onde antes, um andar acima, permanecera por mais de um século a inestimável coleção egípcia dos imperadores do Brasil, o esqueleto da sacerdotisa de Amon parecia descansar, inexplicavelmente inteiro, debaixo dos restos retorcidos de um armário de metal ainda incandescente.

O sarcófago e os vestígios do embalsamamento haviam sido totalmente consumidos pelas chamas. Contudo, no meio dos ossos chamuscados de Sha-amun-em-su jazia uma pequena pedra esverdeada, não mais tão pesada como chumbo, com a forma de um escaravelho-coração, incrustada de alguns quase imperceptíveis resquícios de ouro derretido. Ora meio fosca ora levemente brilhante, esse brilho estranho e fugidio parecia que pulsava, oscilando de forma lenta e constante, quase imperceptível.

Um coração estranho, vivo, e que não é deste mundo.

# RASTROS BIBLIOGRÁFICOS

AMENEMOPE e a filosofia africana. Disponível em: <http://amenemopefilosofoantigo.blogspot.com.br/>. Acesso em: 1 jul. 2019.

ASSUMPÇÃO, Maurício Torres. *A história do Brasil nas ruas de Paris*. Rio de Janeiro: Casa da Palavra, 2014.

ATENTADO contra D. Pedro II. *O Rio de Janeiro através dos jornais*. Disponível em: <http://www1.uol.com.br/rionosjornais/rj02.htm>. Acesso em: 1 jul. 2019.

A VIDA no antigo Egito. Guia Conheça a História. São Paulo: Editora On Line, 2016.

BAKOS, Margaret Marchiori. *Fatos e mitos do antigo Egito*. Porto Alegre: EdiPUCRS, 2014.

BRANCAGLION JR., Antonio. Revelando o passado: estudos da coleção egípcia do Museu Nacional. In: LESSA, Fábio de Souza; BUSTAMANTE, Regina Maria da Cunha (Org.). *Memória & festa*. Rio de Janeiro: Mauad, 2005.

ESQUIFE de Sha-amun-em-su – Acervo Museu Nacional UFRJ. Disponível em: <http://www.museunacional.ufrj.br/guiaMN/Guia/paginas/4/esquife.htm>. Acesso em: 1 jul. 2019.

FARAÓS egípcios. Disponível em: <https://www.egitoantigo.net/faraos-egipcios.html>. Acesso em: 1 jul. 2019.

FERNANDES, José Murilo de. *D. Pedro II*. São Paulo: Companhia das Letras, 2007.

HILL, Jenny. Sekhmet. *Ancient Egypt Online*. Disponível em: <http://ancientegyptonline.co.uk/sekhmet/>. Acesso em: 1 jul. 2019.

KHATLAB, Roberto. *As viagens de D. Pedro II*. São Paulo: Benvirá, 2015.

MEDRADO, Iracema S. Guarda Negra: origem e formação (Rio de Janeiro, de 1888 a 1890). *O Menelick – 2º Ato*, abr. 2014. Disponível em: <http://www.omenelick2ato.com/historia-e-memoria/a-origem-e-a-formacao-da-temida-guarda-negra>. Acesso em: 1 jul. 2019.

MÜLLER, Ton. O desaparecimento do avião da Malaysia Airlines foi causado por alienígenas? *Verdade Mundial*, 30 mar. 2018. Disponível em: <http://verdademundial.com.br/2018/03/gravacao-da-caixa-preta-do-aviao-da-malaysia-airlines-menciona-eles-nao-sao-humanos/>. Acesso em: 1 jul. 2019.

NOMES antigos de ruas do Rio de Janeiro. 15 jan. 2003. Disponível em: <http://literaturaeriodejaneiro.blogspot.com/2003/01/nomes-antigos-de-ruas-do-rio-de-janeiro.html>. Acesso em: 1 jul. 2019.

PIVETTA, Marcos. O último ato da favorita do imperador. *Pesquisa Fapesp*, n. 315, jan. 2014. Disponível em: <https://revistapesquisa.fapesp.br/2014/01/13/o-ultimo-ato-da-favorita-imperador/>. Acesso em: 1 jul. 2019.

ROCHAS, Albert de. *As vidas sucessivas*. São Paulo: Lachatre, 2012. Disponível em: <http://www.autoresespiritasclassicos.com/Pesquisadores%20espiritas/Cel%20Albert%20de%20Rochas/2/Albert%20de%20Rochas%20-%20As%20Vidas%20Sucessivas.pdf>. Acesso em: 1 jul. 2019.

ROSEMBERG, José. Tuberculose – aspectos históricos, realidades, seu romantismo e transculturação. *Bol. Pneumol. Sanit.* [on-line], v. 2, n. 7, p. 5-29, 1999.

SEKHMET – deusa egípcia. Disponível em: <http://www.egitoantigo.net/sekhmet-deusa-da-vinganca-do-egito-antigo.html>. Acesso em: 1 jul. 2019.

SITCHIN, Zecharia. *O caminho para o céu*. São Paulo: Madras, 2014.

TEATROS do Centro Histórico do Rio de Janeiro. Disponível em: <http://www.ctac.gov.br/centrohistorico/TeatroXPeriodo.asp?cod=108&cdP=19>. Acesso em: 1 jul. 2019.

VASCONCELOS, G.; SOARES, J. P. A rotina e os desafios da reconstrução do Museu Nacional, sete meses depois. *Época*, 21 abr. 2019. Disponível em: <https://epoca.globo.com/a-rotina-os-desafios-da-reconstrucao-do-museu-nacional-sete-meses-depois-23612679?utm_source=WhatsApp&utm_medium=Social&utm_campaign=compartilhar>. Acesso em: 1 jul. 2019.

FONTE: Quadraat

#Novo Século nas redes sociais